中华

ZHONGHUA HUN

魂

百部爱国故事丛书

人生能有几回搏

——新中国第一个世界冠军容国团

刘桂芝　何志毅　编著

吉林人民出版社

图书在版编目（CIP）数据

人生能有几回搏：新中国第一个世界冠军容国团 /
刘桂芝，何志毅编著 . -- 长春：吉林人民出版社，
2011.3（2021.8 重印）
（中华魂·百部爱国故事丛书）
ISBN 978-7-206-07551-3

Ⅰ . ①人… Ⅱ . ①刘… ②何… Ⅲ . ①故事—中国—
当代 Ⅳ . ① I247.8

中国版本图书馆 CIP 数据核字 (2011) 第 032619 号

人生能有几回搏
——新中国第一个世界冠军容国团
RENSHENG NENGYOU JIHUIBO
——XINZHONGGUO DIYIGE SHIJIE GUANJUN RONGGUOTUAN

编　　著:刘桂芝　何志毅
责任编辑:卢俊宁　　　封面设计:孙浩瀚
制　　作:吉林人民出版社图文设计印务中心
吉林人民出版社出版 发行(长春市人民大街7548号　邮政编码:130022)
印　刷:北京一鑫印务有限责任公司
开　本:787mm×1092mm　　1/16
印　张:8　　　　字　数:64千字
标准书号:ISBN 978-7-206-07551-3
版　次:2011年3月第1版　　印　次:2021年8月第2次印刷
定　价:35.00元

如发现印装质量问题,影响阅读,请与出版社联系调换。

总　序

　　《中华魂》是一套故事丛书。它汇集了我国自鸦片战争以来一百八十余年间的近百位民族英雄、仁人志士、革命领袖、先进模范人物的生动感人事迹，表现了他们作为中华儿女的伟大的爱国主义精神。

　　爱国主义是人们对于"生于斯、长于斯、衣食于斯"的祖国的一种神圣感情，是人们对于自己民族的一种强烈的责任感和使命感，是感召和激励整个中华民族的一面永不褪色的旗帜。在一百多年的中国近现代史上，爱国主义一直激励着中华儿女为祖国的独立、统一、进步和繁荣而英勇奋斗。从"苟利国家生死以，岂因祸福避趋之"的林则徐，到"我自横刀向天笑，去留肝胆两昆仑"的谭嗣同；从"铁肩担道义，妙手著文章"的李大钊，到"青春换得江山壮，碧血染将天地红"的赵一曼；从"县委书记的好榜样"的焦裕禄，到"问鼎长天，扬我国威"的邓稼先……都表现出了强烈的爱国主义精神。正是由于热爱祖国的人们前仆后继地奋斗，国家和民族才得以生存，才能够在一次次历史危急关头转危为安，走向兴盛和富强，从而屹立于世界民族之林。爱国主义是鼓舞中华儿女历经忧患、跨越沧桑、百折不挠、自强不息的伟大力量，它贯穿于中华民族的整个历史，并有力地凝聚着五洲四海的中国人。

　　爱国主义是一个历史的范畴，在社会发展的不同阶段、不同时期有不同的具体内容。革命时期，需要我们为祖国的独立自主出生入死；建设时期，需要我们为祖国的繁荣富强增砖添瓦。在全国各族人民团结一心，开启全面建设社会主义现代化国家新征程的今天,我们要争做一名新时期的爱国者。新时期的爱国者要有强烈的民族自尊心、自豪感。民族自尊心、自豪感是任何时期、任何爱国者都必须具备的情感。民族自尊心能增强我们自立向上的恒心,民族自豪感能树立我们建设祖国的信心。要树立"祖国高于一切"的崇高信念,为了祖国和人民的利益不惜抛却个人的利益,甚至不惜牺牲个人的生命。我们要树立终身学习的理念,拓宽自己的知识面,广泛吸收新知识、新技术,完善自身的知识结构,更新学习知识的方法与理念,从思想上、知识上充分武装自己,为祖国的繁荣昌盛贡献力量。

爱国主义思想的继承和发扬,是关系到民族盛衰、国家兴亡的根本问题。爱国主义思想情操的形成,需要不断地培养。培养爱国主义精神的一个重要途径是向英雄人物和典范事迹学习和致敬。这套丛书的出版，对于青少年向英雄和先进人物学习，特别是对于在中小学生中进行爱国主义教育是不可多得的生动的教材。祝愿此书出版发行成功，为培养时代新人做出贡献。

胡维革

人生能有几回搏，此时不搏更待何时？

——容国团

目 录

摇篮 / 002

上下求索 / 007

东区小霸王 / 013

英雄出少年 / 016

爱国的自由是神圣的 / 024

赤子情深 / 030

多面手奇才 / 034

过五关斩六将 / 037

做一个党外"布尔什维克" / 045

初恋情怀 / 053

快乐的日子 / 059

一花引来百花开 / 065

严师出高徒 / 072

侦察秘密武器 / 078

画龙点睛 / 083

练球先要练人 / 087

英姿永存 / 093

中华魂 百部爱国故事丛书
ZHONGHUA HUN

1959年4月5日，举国沸腾了，人们奔走相告，载歌曼舞，全国上下到处是欢声笑语，亿万人民沉浸在无比兴奋的喜悦之中，纷纷庆贺从西德多特蒙德传来的振奋人心的喜讯：中国运动员容国团夺得了第二十五届世界乒乓球锦标赛的冠军，从而使中国运动员的名字第一次刻在了勃莱格奖杯上，成为中国有史以来的第一个世界冠军。这个冠军的夺得犹如春雷震动了世界体坛，他向全世界宣告了中国体育事业的崛起，有力地说明了中国体育运动蓬勃发展和飞跃进步的力量。它使世界上那些侵略过中国、轻视中国的国家和地区，再也不能小看中国人民，纷纷向中国人竖起了大拇指。海外侨胞也因此而欢欣鼓舞，他们终于能扬眉吐气了，可以抬起头，拍着胸脯自豪地说："我是中国人"了。国人更是为之振奋，有人听到这个消息后，按捺不住自己的兴奋心情，挥笔写就了《闻容国团荣获世界冠军》这首诗：

世界乒乓大战酣，

频传选手破要关。

遥遥多特蒙德夜，

祖国亲人尽未眠。

拂晓一声报捷音，

满城喜贺语纷纷。

冲天干劲今结果，

力缚苍龙再进军。

这首为祝贺运动员而写就的诗，把亿万人民赛前的那种企盼和焦虑的心情，以及赛后闻知中国队员夺冠的那份喜悦，表现得淋漓尽致。从这首诗中，我们仿佛看到了当时那种举国欢庆的场面。那么，容国团何以凭借他手中这小小的乒乓球就能震撼了全球呢？我们略微回顾一下他的生平事迹，不难从中找出答案。

摇　　篮

容国团童年时时跟随父母和舅舅、姨母一起回到了外祖父的家乡南溪乡。容勉之经人介绍，在南溪乡政府任文书，文恩靠自行车运载货物往返澳门为生。那时，二舅父文韬已参加了当地五桂山抗日游击队，不久即为国捐躯。当时，噩耗传来，文家上下悲恸，陷入一片愁云惨雾之中，却慑于淫威，不敢公开悼念，一家人只能掩上门抱头饮泣。容国团幼小的心灵，第一次受到了沉痛的创伤，埋下了对日本侵略者刻骨仇

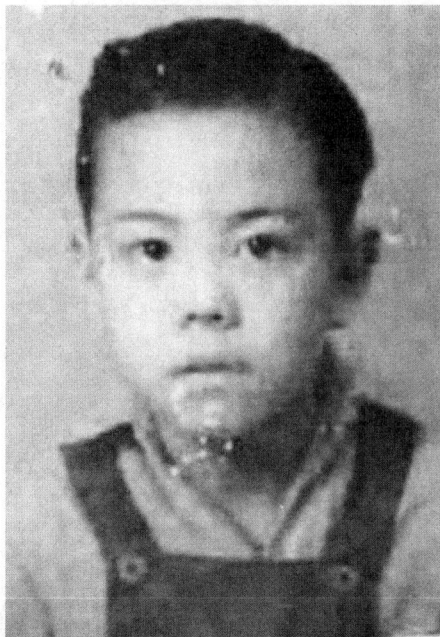

恨的种子。由于文家有人参与抗日活动，成了伪乡政府的目标，五桂山上一有什么风吹草动，伪乡长便会领着几个荷枪实弹的日本鬼子闯入文家搜查。名为捉游击队，实为勒索，文家稍为值钱的东西都被抢走了。寄居在外家的容勉之，此时也只能敢怒而不敢言。小小年纪的容国团，对那些恃强凌弱的坏人并不畏惧，常常站在门口目光炯炯地直视"太君"，不低头不弯腰。有一次，一个日本鬼子见状，端着一把明晃晃的刺刀恐吓他。妈妈见了，慌忙把儿子抱在怀里，才免遭杀害。

过了几个月，容勉之见伪政府与倭寇都是一丘之貉，愤然辞去文书的职务，带着全家回到自己的家乡南屏乡，在自己的母校甄贤学校当教员。他们寄居在曾在渣打银行共事的族人容以文家里。容国团第一次回乡，就感受到家乡的气息。他常跟随母亲和乡间的同龄孩子一道上山打柴、下河捉鱼虾来帮补家计，改善生活。容勉之很注意对儿子的培养，趁着在乡下的闲适，常常教他写毛笔字、下象棋，陶冶他的性情。他知道儿子喜欢打乒乓球，特意从房里搬出一张木床板到院子内，用两条长凳子架着当球桌，中间横放一根竹竿儿做"网"，父子俩各握着一块没有胶片的乒乓球光拍，一来一往地对攻起来。当父亲去上课时，容国团就独自握着球拍，抛着乒乓球，向着墙壁推来挡去，自得其乐。父亲看到儿子对乒乓球这么着迷，心里很高兴。

"亚团，行行都能出状元，打球也是有前途的，你现在开始学打球，将来说不定会有很大出息。"

容勉之说出这种话，其实只是希望儿子好好地长大成人，不要染上乡下一些孩子的不良习气——要么泼野得拉帮结伙地打群架。要么只懂得撒娇躲在父母的怀抱里干不成什么事。同时，他也不放心让儿子在乡间的田野到处乱跑，因为南屏乡地处西江河口，河叉密布。经常有附近村里的小孩溺水的事情发生。当时他怎么也不会预想到将来儿子靠打乒乓球混口饭吃。

然而，这一无心之言，却铭刻在容国团充满童真的脑袋里，激励他奋发图强。容国团日后竟一鸣惊人。

1943年夏，容国团进入甄贤学校读书，该校是中国第一个留美大学毕业生、爱国华侨学者容闳倡办的，建于1871年，是广东珠江三角洲地区最古老的一所侨校，有着优良的爱国主义教育传统。抗战爆发，国共两党合作时期，大批抗日骨干分子就以这里为据点，进行抗日救国的宣传活动。新入学的学生，上第一堂课，就是要接受爱国主义的教育。容国团很喜欢听共产党员客观奇老师讲容闳的爱国故事，对容闳以教育救国教民的爱国精神和不为洋人卖命的民族气节所敬仰。他把容闳在美国耶鲁大学读书时写下的"大人者不失其赤子之心"和"有志者事竟成"的座右铭抄摘在自己的本子里，以资鼓励。

　　过了一年，容勉之被选为学校教务主任，由于他为人正直，热心教育事业，上任之后，给学校带来了很大的变化，校风良好，学生学业蓬勃，尤其学校的体育开展得比较活跃，深得乡人的称赞。

　　甄贤学校曾在1936年参加广东省学生体育运动会上取得过优异成绩，被广东省国民政府主席吴铁城授予一面"积健维雄"的锦旗，后来从这里毕业的学生容启兆就成为了中国第一次参加世界足球锦标赛的领队。容国团每天上学经过学校礼堂，看到墙上挂着这面锦旗和容闳的肖像，感到无比自豪。在小礼堂中央，放置着一张乒乓球桌。引起了他的躁动，跃跃欲试，心往神驰。但全校只有这张球桌，每当下课钟一响，很多同学就提前抢占球桌。为了公平竞争，大家定下一个规矩，按先后顺序，以七分球定输赢，胜者继续做台主，败者下场，轮到下一个对手上场。容国团将舅父平时教他左推右攻的打法派上用场，他的球打得头头是道，常常扳倒许多对手。他不但在课余时间打球，而且还充分利用放学或假日时间和几个伙伴练球。放学回家，他把书包放下，扒上几口饭菜，把球拍往裤带一插，起身又匆匆返回学校练球去了。不多久，他那班小同学一见他，都拱手让位，容国团成了打不败的台主。

如果说，文恩是容国团爱好乒乓球运动的启蒙老师，甄贤学校则是容国团登上乒坛的第一个阶梯，这个演兵场第一次让容国团感受到打败对手的快感和自豪，深知到小小的银球里蕴藏着无尽的魅力和希望。这使他锲而不舍地朝着"有志者事竟成"的目标努力。正如该校歌唱道：

我甄贤兮

秀毓南屏

前贤遗训兮

谨守以循

教育乡村兮

史何光荣

甄陶后进兮

贤明是经

甄贤学生兮

相兴鹏程

上 下 求 索

　　抗战胜利之后，容国团读完两年课程，跟随父母返回香港，转到香港湾仔轩尼诗道一间知行学校读书。这所学校，有几位教员是过去与容勉之一起参加过省港大罢工和广州起义的革命同志。其中教务主任黎子云是共产党员，早期曾同容国团的大舅公林文岳一起进过华侨运动讲习所学习，后来林文岳和黎子云分别被党组织派往越南、缅甸和马来西亚搞华侨救国运动。黎子云坐过几次牢，历尽艰险，回到香港后自感年老体衰，力不从心，便将希望寄托在年轻人身上，组织几个老同志一起合股筹办知行学校，专门招收工人子弟入学，灌输革命思想，培养一代新人。

　　然而，由于当时的环境非常特殊，为了平衡各方面的势力，他们做了一些妥协，由一位名叫刘克平的国民党右翼分子出任校长。这样，便不可避免地产生一些摩擦，有时甚至是拍桌子摔凳子的争斗。容勉之此时尽管已不具体参加什么活动了，但他还是支持他人搞革命活动，成为革命阵营中最基础的一分子。几位怀揣特殊任务的老师，知道容勉之为人忠厚侠义，干脆就把容家当成一个联络点。这几位老师经常在晚上到容家开秘密会议，进行反蒋抗英的革命运动。

这时，小小年纪的容国团已经大略明白大人们在干什么事，主动跑到楼下望风，听到楼上的人召唤，他又立刻蹦跳回来，为他们充当跑腿，到街上买纸烟、烧酒和花生之类的东西回来宵夜。黎主任很喜欢这个听话而又懂事的孩子，每次到他家里，都会带来一些进步的报纸刊物给他翻看，有时还带许多花花绿绿的体育画册给他阅读，以开拓他的视野。黎主任用自己的亲身感受引导容国团说："香港是一个殖民地，英国人很欺负我们中国人，连印度籍红头阿三都可以随便打骂中国小贩。我们虽然读书成绩很好，毕业出来工作的工资，却比成绩较差的英国毕业生的工资低十倍，所以我就出来革命，参加大罢工。其原因就是中国极弱，连体育都被外国人瞧不起，称为东亚病夫。我看你的球打得蛮不错，要好好地练，将来为国争光。"他又讲了容国团家乡的唐家村人、被誉为"中国第一代球王"的唐福祥的事迹。

唐福祥在早年，以香港人的身份作为中国足球队第一任前卫兼队长，统率三军参加第一届至第四届远东运动会，连续三届蝉联冠军。黎主任以此暗喻中国人也不是窝囊废，将来也有能力取得世界冠军，这对容国团的成长影响很大。

这时期，殖民地的统治者实施的是愚民政策，宁让老百姓多一些时间搞体育活动，也不愿让老百姓们搞那些政治活动。故此，香港的体育事业尽管水平仍然低下，但相对于内地，却有些畸形发展。换言之，就是你到街上的报摊上便可看到大量的有关电影明星和体育明星的消遣性娱乐性书刊，至于那些有关世界潮流而催人更新观念的书籍则很少。

知行学校有一位著名的音乐教师名叫李凌，他是马列主义音乐理论家，对西方音乐颇有研究，常教学生唱《马赛曲》《国际歌》等革命歌曲。容国团特别喜欢听他的音乐理论课，开始对西欧古典音乐产生浓厚的兴趣。容国团很崇拜贝多芬、肖邦、舒伯特等作曲家，他们创作的优美旋律常令他陶醉，而每位音乐家本人的坎坷经历和他们对音乐事业的执著追求，也令其感奋。容国团产生不愿平淡过一生的念头。

容国团在知行学校读四年级的时候，爸爸突然失业了。这是因为他在公司上班时经常看《大公报》《华商报》《经济导报》之类的进步报刊和发表一些比较激进的政治言论，商会的老板知道了，认为他有"八字脚"(接近共产党)的嫌疑，便派一名总务负责人约他到咖啡馆谈话，劝他不要再看这些进步报刊了，并要他写一份检讨书。容勉之听后，很不服气，硬邦邦地顶撞了一句："嘿，我打你们这份工，怎么连看报纸的自由权利都要受到制约呀！"结果老板觉得容勉之这种"危险"人物做他的秘书会惹政治麻烦，立即把他解雇了。容勉之失去了这份500元高薪的工作，全家的生活陷入了困境。而那位介绍容国团入知行学校读书的黎主任，也因为意气激昂，搞革命缺乏些政治艺术，身份暴露而被港英政府通令递解出境，再不能让容国团免费读书了。容国团只好转到一间师资水平较低的同济小学就读。

容勉之几经周折，通过大舅林文岳的介绍，找到一份"民生轮船公司"的工作，专门行船。他也从洋务工会会员转为海员工会会员。其间，由于学费负担太重，同时又不满意同济小学的教学质量，文淑莲找到她嫂子的一位当修女的姐姐，通过她认识一位天主教神父，并由神父介绍容国团到筲箕湾的慈幼学校读

容国团和他的父母

书。

　　神父在会试容国团时，觉得这个孩子聪明伶俐，诚实好学，有心培养他。容国团于是在1948年2月正式转入慈幼学校读5年级。

　　为了容国团能就近读书，容勉之从原住的湾仔区一幢三层高的楼房，搬迁到筲箕湾浅水码头村的一处贫民窟。在山坳搭起一间 18 平方米的木屋。屋内分隔成一厅一房，摆放着一个衣柜、一张油漆剥落的书桌、几把旧木椅和一张叠架床，非常简陋。容国团平时睡上铺，爸妈睡下铺。屋子十分低矮潮湿，活像个"白鸽巢"。由于住在木屋区，经常有火灾发生，他们还时刻都受到"无牙老虎"的威胁。

容勉之出海行船常一去就是十天半个月，很少回家。容国团全由妈妈照顾，文淑莲将全部精力和心血都倾注在儿子身上。那时，她因为营养不良，居住条件差，积劳成疾，染上了肺结核病，骨瘦如柴，身体非常虚弱，可她宁肯节衣缩食，也尽量加强容国团的营养，增强他的体质。她常做家乡一种名叫"松糕仔"的面食，给容国团带着上学填肚子。慈幼学校是一所天主教办的学校。容国团像父亲一样，也是无神论者，他不相信宗教，认为人的命运不是由上帝来主宰，而是人本身的思想行为使然。所以，他对于校内每星期举行一次的祈祷、礼拜等一切宗教活动不感兴趣，常常借机逃脱，成为令学校老师头痛的"忤逆学生"。

但是，这所学校毕竟有教会撑持，财大气粗.周围的环境优美而宽广，尤其难得的是各种体育设备一应俱全，设有乒乓球室、足球场、篮球场等；文化教育也比一般商业化的私立学校高出一筹，因为学校的教职员都是香港教育署所定中级资格的。容国团来到这所学校读书，如鱼得水，学习突飞猛进，各科成绩优异。尤其学校每届举办的书法比赛，他都名列前茅，受到老师们的嘉奖，他对体育运动的兴趣也日益浓厚，常作为学校乒乓球代表和足球代表参加校际比赛，获得不少锦旗。成为学校的体育健将，校长对容国团十分器重，认为他球艺出名，会给学校带来好处，今后会招引更多的学生投考慈幼学校，因此，容国团又被视为学校的"台柱"。

正是："路漫漫其修远兮，吾将上下求索。"

东区小霸王

容国团祖籍广东省中山县珠海南屏镇。1937年8月10日出生在香港的一个贫苦的洋务工人家庭。他的父亲容勉之，是一位曾经参加过省港大罢工和广州公社起义的老海员，自小就在资本家的工厂里做童工，深受资本家的层层盘剥。那种地狱般的童工生活对他来说太难忘了，他不愿小小年纪的儿子也步自己的后尘，去给资本家当童工，受那种非人的待遇，决心让儿子去读书。于是1944年，容国团被送回家乡，进入

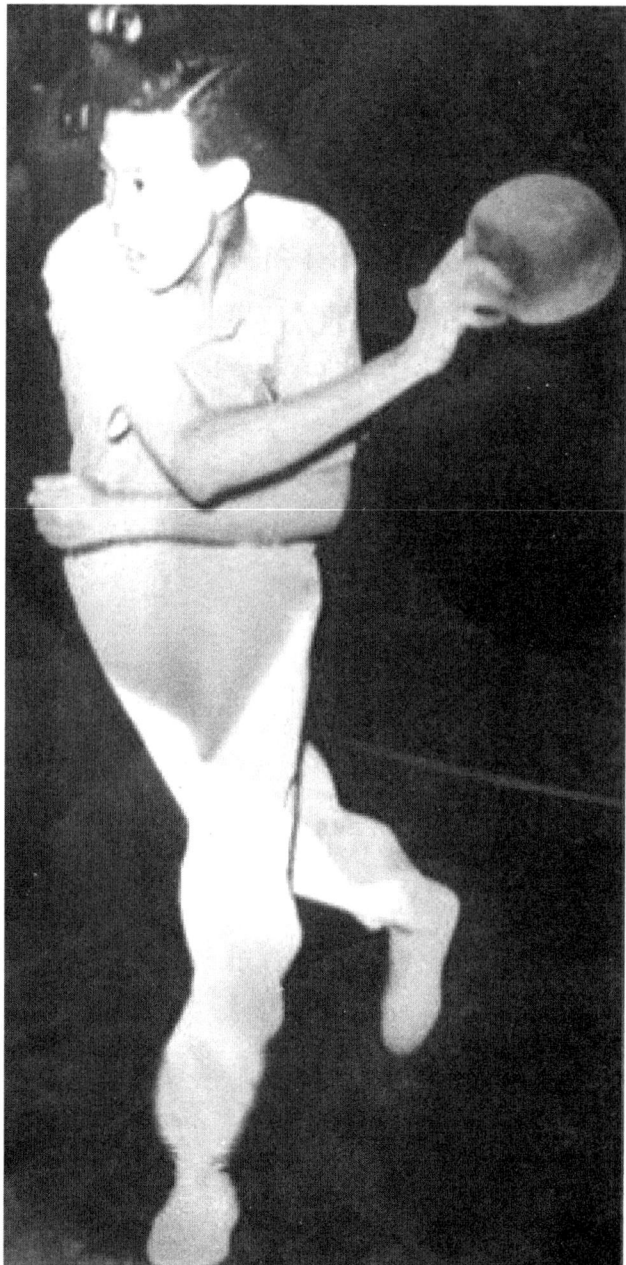

家乡南屏的"甄贤学校"读一年级。

就在他读小学的时候，开始对乒乓球发生了浓厚的兴趣。那时候年龄稍大一些的孩子已经有不少人开始打乒乓球了。开始，容国团只是站在旁边看别人打球，看着那小小的白球在球拍下上下翻飞，他的兴趣也与日俱增，禁不住也想上场打两拍，可是他没有球拍。于是，他就把母亲每天给他的零花钱攒起来，好不容易买了一副球拍和一只新球，他终于可以亲手打球了。这以后的容国团开始迷恋上了乒乓球，每天放学后，放下书包的第一件事就是拿起球拍出去打球。容国团很聪明，也很爱动脑筋，无论是在看别人打球，还是自己亲手和别人对搓时，他总是认真观察，仔细揣摩他们打球的动作、技巧，结合自己的特点融入自己的打法中，形成一套独特的又快又狠的打法。

抗战胜利后，容国团又随父母回到香港，先后就读于知行小学、国济小学和慈幼学校。这时候的容国团乒乓球水平已经是相当高了，在同龄人中已是小有名气，经常代表学校参加一些乒乓球比赛。由于他技术超群，几乎是常胜将军，所以被人们誉为"东区小霸王"。生活在他面前似乎铺开了五彩路，但现实并不如此，不久，容国团不得不辍学回家，告别了他非常热爱的学校。

英雄出少年

1957年初春，香港一年一度的乒乓球锦标赛的战幕拉开了，各队精英云集香江，战云密布。其中南华队、后警队、中升队、金银贸易队实力最强，每个队里都有一两个乒乓球好手。特别是南华队技冠群雄，主将薛绪初和刘锡晃曾先后是亚洲盟主，经验丰富，球艺精湛，夺标呼声很高，球迷们也都认为他们这届一定稳操胜券。

容国团代表公民队参加了这次激烈的角逐。公民队作为一支年轻的球队，开始并不为人注重，直至异军突起，一路过关斩将，摧垒拔旗，直捣王龙，并取得决赛权，准备与南华队决一雌雄时，大家才如梦初醒，纷纷打探公民队的来龙去脉。不过，大多数人还是认为，公民队的主力队员容国团打球虽好，但缺乏大赛经验，球技似乎也略逊一筹，而南华队主将宝刀未老，气势逼人，当会占尽上风。

倒是南华队的几员主将见容国团和邓鸿波这两位年轻猛将初生牛犊不畏虎，所向披靡，感到后生可畏，生怕万一自己有个什么闪失，"老猫烧须"，到时真是下不了台。为了保住名誉地位，他们通过乒乓总会暗

中密谋，准备叫公民队拱手让出这届香港冠军。一天，有一个人找容国团到茶楼谈话，要求容国团打"假波"让出这一届冠军给他，使他能体面地挂拍，并允诺送一笔钱给容国团作为补偿。容国团一听，鼓嘟着嘴说："嘘——岂有此理！"

容国团回到家里，将这件事告诉了父亲，并说明自己当时没有答应让晃。容勉之听罢，激动地说："亚团，你几年来在高级赛中都没能打入四强，现在你球技已更上一层楼了，当然没必要让人。"容国团有些担心地问："如果这次我不顺从他们，得罪了乒总，以后岂不是不能参加国际比赛？"

"怕什么，香港无立足之地，可以回内地效力嘛，再说，乒总里的人也不至于那样蛮横无理吧。"

"他们就是横蛮无理，乒总有人放出声气，说谁赢了我，大家便放水给这人当冠军。"

"这样呀，那就跟他们拼了！"

容国团点点头，拿着网兜回到队里，鼓励大家说："我们不要管他们，一定要打败南华队！"结果他们同心合力，为公民队赢得团体冠军。接着，容国团和邓鸿波合作，又以3：1的分数击败薛绪初和刘锡晃，取得男子双打冠军。容国团摘下两个桂冠之后，一鼓作气，又以一个3：1打败薛绪初，终于登上男子单打冠军的宝座，薛绪初见大势已去。不禁黯然神伤，竟放弃了与邓鸿波争夺亚军的比赛权，乒总只好裁定邓鸿波获亚军，薛绪初获季军。

就这样，容国团为公民队一举夺得了三项锦标，打破了香港乒坛史上的纪录。顿时，他名声鹊起，受到很多香港拥趸球迷的欢迎，凡是有他出场表演，几乎全场满座。太古洋行俱乐部和东方戏院俱乐部等都争相请他当教练。

可是，身处香港这个品流复杂的社会，"木秀于林，风必摧之"。容国团这个生活在社会最底层的穷孩子，一跃而跻身社会名流之列，立刻便招致了一些贵族的嫉妒，尤其他这几年经常组织球队回中国内地比赛，影响颇大，早已令乒总一些有特殊背景的人十分不满，他们恨不得把这株生长在崖缝石隙的小苗掐断。

4月下旬，如日中天的日本乒乓球队乘夺得第24届世界乒乓球锦标赛四项锦标的声威，到香港访问比赛。一些存心不良的人就想借此机会打击容国团。

第一天晚上，一些"五星上将"上场全军覆没之后，乒总就立即把原定"史屈灵杯"和"哥比伦杯"的男女团体赛改为由容国团、邓鸿波、钟展成等七人的单打对抗赛，并且不派实力最强的对手出战。这种笨拙的阵式，引起了报界的抨击和观众的不满。容国团也向赛会提出强烈的抗议。但是，乒总一些别有用心的人却在排阵上首赛要容国团对付曾获得两届世界男子单打冠军、近届亚军的日本选手荻村伊治郎。这是明摆着想借倭人的利刀来煞掉容国团的锐气，从而打击工联会。容国团知道他们居心叵测。尽管体育崇尚奥林匹克精神，大家完全应该抛弃种族的成见，以各自的实力参赛，但容国团天生对日本人有一种对抗心理。容国团一见到日本人，就会想起祖父受日本工头的欺压，二舅父被日军枪杀的往事，因而他对乒总一些洋奴的嘴脸感到非常愤懑。他咬紧牙关，决心豁出去，拼了！

24日傍晚，华灯初上，细雨霏霏。香港伊丽莎白青年体育馆门前，球迷熙熙攘攘，未及20时，球场已坐满观众，一些买不到坐票的球迷只好站在甬道观看，欲一睹香港冠军和世界冠军的较量。这天晚上，容勉之也怀着忐忑不安的心情，早早坐在看台观战，他很担心会出现儿子被人喝倒彩的场面。

"亚团，当心啊！"

"我是缸瓦，他是瓷器，我不怕！"

听了儿子的话，容勉之感到很惊奇：17岁的孩子能有这般见地，有出息！

过了一会儿，容国团和获村伊治郎出场了。全场鸦雀无声，观众门的心情都极端复杂，希望目睹的不是一场"老鹰抓小鸡"的残酷比赛，容国团只要不输得太惨，不把比分拉得过于悬殊就行了。获村是世界第一流好手，能攻善守，步法敏捷，攻势狠辣，发球花样多，有"智多星"的称誉。而容国团尽管是香港冠军，但香港只是个小地方，在强手如林的世界乒坛，还远远排不上号。关键是不要一开局就让人压着打，不要一副烂泥扶不上壁的样子，否则就让观众看笑话了。

果然，荻村恃着打遍天下无敌手的傲气，对身形瘦弱的容国团并不放在眼里，认为不过是小菜一碟。容国团握着"三文治"海绵球拍(两个星期前改用的)，倒是十分镇定，他心里想：瓷器碰缸瓦，大不了双方粉身碎骨，我还占了便宜呢。

比赛开始，双方一阵猛烈对攻，打得难分难解。荻村掂出分量之后，便施以发球抢攻的"杀手锏"。容国团发现对方反手发球既有旋的，也有不旋的，更有急速的，而且长短不同，甚至角度也很刁钻；于是他以迅速推挡打在对方较弱的左方或中路，迫使他平托回来，然后闪身用正板快攻，屡屡奏效。荻村从未遇到过这么厉害的推挡，像被一下子点中了死穴似的，结果竟以19：21输了第一局。

这时，坐在主席台上的代表议论纷纷：有的说是荻村故意让的，为的是给香港人一些面子，赚点口碑；有的说荻村主要是一开始不熟悉容国团的打法，轻敌失手，容国团是"乱拳打死老师傅"。人们带着偏颇的心理，不相信容国团次局能再次取胜。荻村果然不愧为"智多星"，他见硬攻对硬攻于己不利，第二局便改用软硬兼施。谁知容国团也是个"多面手"，"道高一尺，魔高一丈"，他干脆同荻村打搓攻。

容国团发现荻村虽然攻球凌厉。但是反手板显然不大高明，便搓球到对方的左角，伺机反手扣杀，打得丝丝入扣，渐渐占了上风，最后竟以21：13的较大比分击溃了世界冠军！霎时间，举座皆惊，掌声和欢呼声一时轰响。一些球迷抑制不住冲入球场，拥着容国团，并把他抬举抛向空中，感激他为中国人争回一点面子。队友们也前来和容国团握手，祝贺他首战告捷。而那些崇拜洋鬼子、等看笑话的人则个个目瞪口呆，一时都被弄糊涂了。

此后不久，美国乒乓球冠军来港访问，港方打算安排他与容国团进行比赛。临出场时，美国冠军听闻容国团刚刚打败日本荻村，锐气正旺，害怕自己也会当众丢丑，竟以腹泻为辞，取消了这场比赛。

容国团打败了荻村，消息一夜间传遍了香江，妇孺皆知，他成为了新闻人物。明星骤起，谁也遮挡不住他的光辉。日本乒乓球队的教练官田自我下台阶说："荻村的失败是因为他近来赛事太多，疲倦不堪，所以没打出水准，如果让他休息一两个星期是可以获胜的。"而荻村也很不服气地说："此仗败于这名无名小卒，原因是那天午后，突然接到东京拍来的83岁祖父噩耗的电报，情绪不好所致。"当地的传媒则客观地评论说："容国团的演出可说是纯以技术压倒对方，不愧为本港的单打冠军。"

当时许多记者纷纷前来采访容国团，但容国团显得有些害羞，他谦逊地对记者说："打赢荻村，我自己也颇觉意外，可能并非是我打得特别好，而是他当时不知怎地大失水准，才让我拣了个便宜。"

在一片赞誉声中，容国团没有飘飘然，反而盛赞对手："荻村的技术纯熟，步法灵活，以及反手抽球凌厉，这些我都不及他，有机会我还要拜他为师。"他认为，与荻村比赛。目的是希望在这场球赛中有机会进行交流，吸取对方的长处。他发现荻村除了攻球凶狠之外，发球也有绝招。能发出上、中、下旋转球，而且在发这些花巧式的球时，能梅花间竹般地运用，尽管手法明显不同，却令人难以捉摸。如果能用表面相似的手法打出不同旋转的球，威力不更大了吗?有道是：能人示之不能，用人示之不用。要超越前人，必须有所创造。

　　容国团独辟蹊径，经过苦心钻研，终于成功地发明出一种旋而不旋的发球技术，并扩大战果，把这一套融会贯通，运用到搓球之中，取得了奇效。他这种转而不转的技术和概念，后来不仅对中国乒乓球技术、战术、艺术的发展起了很大的推动作用，而且也对世界乒乓球运动的发展作出了重要的贡献，这也是他3年后在第25届世界乒乓球锦标赛中获得男子单打冠军的有力武器。

爱国的自由是神圣的

　　香港，夏夜的夜晚。容国团，一个清瘦的少年，从五光十色的皇后大道走向昏暗的筲箕湾——贫民区，他的家。他刚从朋友那里练完球回来。他身着短裤，背心，一只手提着装球拍的小兜，另一只手抓着披在肩上的衬衫，无精打采地，踢踢踏踏地慢慢向前移动着脚步。细小的双腿支撑着他那虽然瘦弱，但相对于他的细腿来说，还是太重的身体，慢慢地往回走着。每每经过飘散出香味的美食店、大酒店时，他都不由的舔舔嘴唇，驻足向那些陈列在橱窗里的美味烧烤羡慕地盯上好久，手不由得伸向兜里装着的一元钱，那是父亲每天给他的车水费。人是要吃饭的，何况他又是正在长身体的年龄，每天繁重的体力消耗以后，他都饥肠辘辘。今天，他同样腹中空空，他多想买下那些美味佳肴尝一尝啊！他实在饿极了，还有那么远的路要走呢！可就在他拿出那一元钱时，耳朵仿佛听到了父亲的叹气声。最近是算账的淡季，爸爸也每天挣不来几个钱，常常为一家人的生计而愁眉叹气，说不定家里也没有饭吃呢！不能花！想到这，他使劲咽了一口口水，又把钱放进兜里，转身又走上了路，走向他自己的"霸王屋"(即未经当局允许而私自搭的篷屋，随时会被驱逐)。

"咯噔……咯噔……"身后传来了清脆的脚步声，越来越近。他不由得加快了脚步，可那"咯噔"声也随之加快了，他心里不由得一阵紧张。突然，他停下来，猛一转身，不由愣住了。路灯下，并没有什么"蒙面大盗"，而是一位窈窕少女天使般地站在他面前，一股浓郁的香气扑面而来，他惶惑了，两人相距是那样近，近的互相都能听到对方急促的呼吸声。容国团等着那姑娘后退，可她居然站在那里一动不动。就在容国团准备转身离去的时候，没想到那姑娘却说话了：

"怎么，不认识我了？"

容国团那双大眼睛上下打量着姑娘，可怎么也想不起这么个人。

"我和妹妹常给你捡球，是你的崇拜者，记起来了吧？"

"噢"，记起来了，是有这么两个人，好像是某校校长的女儿，常来看球，也会打几下。但容国团只管打球，并未把她们放在心上。

"你跟着我有什么事？"

"有要事，我们找个地方坐下来，慢慢说，好吗？"

容国团点点头，可谁知姑娘却把他带进了一家多少次他都想走进却因囊中羞涩，一直也不敢进的豪华酒店，要了两份西餐。容国团如坐针毡，不知所措，只好说：

"有什么事？先说事吧！"

"其实很简单，只是我们姐妹俩很羡慕你高超的球技，想拜你为师，怎么样？"姑娘期待的目光，直直地望着他。

原来就这么点事呀，看来，和自己一样，又是一位球迷，更何况还是自己的崇拜者呢！每天教她们一会儿球，也不耽误什么，反正自己现在也没什么事干。想到这里，容国团抬起头看了姑娘一眼，姑娘正用期待的目光望着他，等着他的回答呢！

"好吧，我每天同你们打一小时，可以吧！"

"太好了，一言为定，我们从明天就开始。"姑娘欢快地说，"请吃吧，勇士，这算是我的拜师礼！"

就这样，容国团收下了两个弟子，日子也过得飞快，转眼一个月过去了。一天，他又和姑娘打球，姑娘问他：

"你不上学，也不做事，整天打球，那将来怎么办呢？"

是啊，将来怎么办？他也不知道。他希望并且有信心在乒乓球上打出点名堂来。现在，他正在自学，练习毛笔字，阅读古今中外文学名著，希望将来能有所发展。可眼下，他最需要的还是做事、工作、挣钱养家！

"不是我不想做事，是找不到事可做啊！"

"我找爸爸给你想想办法。"

两天后，办法还真的来了。姑娘的父亲请容国团到他的学校读书，同时为该校打球，可以免收学费，而且还给生活补助。这太好了，容国团又可以回到学校了，他高兴地险些跳起来。但姑娘又说要履行例行的手续，要了解他的历史。

"我爸爸是海员，现失业在家。我7岁上学，13岁失学，在渔行当杂工，后来被解雇，自小喜欢打乒乓球。就这些。"

"为什么被解雇？"姑娘好奇地问。

人生能有几回搏

"因为我爱国，10月1日参加了祖国的国庆活动。"

"啊，你怎么信奉共产党，太傻了，共产党太穷了，所以要共人的产。我爸爸就是怕被共产，才从上海逃到香港的。这事可不能让我爸知道，否则全完了，连我同你打球也不会被允许了。你以后可别干这傻事啦！"

姑娘的话，似责问，又带着关切的口吻，容国团一时不知所措。他不同意姑娘的观点，但自己一时又说服不了她，他们两个生长在完全不同的环境里，自小就受着完全相反的教育，小小的乒乓球交情不会使乾坤翻转。他有些茫然了，在他的头脑里，还不明白穷人为什么穷，富人为什么富，但有一点他却是明白的，就是共产党从来就不是要去共什么人的产，爸爸虽然穷，却从未想去共别人的产。相反，爸爸一生艰辛，积劳成疾，到头来仍不得温饱。容国团想着这些，没有说话，他并不是无话可说，只是不想对这位姑娘说，连自己也不知为什么。默默地，他们又打了一会儿球，就各自回家了。

容国团回到家，坐立不安。他不得不承认，他已经喜欢上了这个姑娘，可是，姑娘为什么说那些话呢？父母见他神色异常，便一再追问，最后，他决定和父亲谈这事。父亲听完后，好久没有说话，最后，只提醒容国团说：

"你肯定她父亲不知你怎样被解雇的吗？"

一句话提醒了容国团。是啊，这事香港乒乓球界谁人不晓呢？他们既然对我感兴趣，还能不知道吗？如果知道，他们又为什么接近我呢？同姑娘接触的情景，一幕幕展现在眼前。难道这是有什么阴谋？是她受她的父亲指使，引我去为他们打球，给他们出名、赚钱吗？这不是和渔行老板一模一样了吗？而且有什么政治背景也未可知呢！想到这，容国团不禁打了个寒颤。

"你明天去同她说，爱国的自由是神圣的，谁也不能剥夺，看她什么态度。"父亲对他说，容国团点了点头。

第二天，他简直有些怕见这位一夜里变得神秘了的姑娘。姑娘也确是与以往有些异样，她不再像每天那样谈笑风生，而是不声不响地只顾练球。当练完球，容国团对她说了自己必须说的话时，姑娘一声不吭，扭头就走，容国团拦住她，想要问个水落石出。可是容国团从姑娘脸上看到的不是气恼的表情，而是轻蔑的讥笑。容国团的气血直往上涌，大叫一声："去你的吧！"扭头大步走向自己的"霸王屋"。

赤子情深

"天无绝人之路"。后来，容国团的父亲的一位好友托人为容国团找到了一份工作，即为联益土产食品公司的一个零售店当记账员。后来，由于这个工作不利于他练球，就又重新安排他到"康乐馆"工作，晚上陪会员练打球，白天自己练习。这条快要干涸的小溪，终于又有了源头活水。衣食有了保障，也就免去了后顾之忧。自此开始，他每天一心练球，白天，没有对手，他就对着墙练；晚上，他则和会员们认真切磋球艺。由于他天资聪颖，又非常珍惜时光，勤学苦练，因而他的球艺提高很快，练就了一手举世无双的大力推挡，开始威胁到了香港乒坛的一流选手。

但穷孩子要想在香港成为明星，等于虎口夺食，其中的艰难曲折可想而知。1955年亚洲乒乓球锦标赛时，由于他技艺超群，理所当然成为代表，可就在他一切准备就绪，临上飞机前，却接到通知说名单里没有他，告诉他不必去了。容国团鼻子都快气歪了，但是，一个名不见经传的小人物，也无力更改局势。后经打听，才知其中有人捣鬼，在报名单上，把"容"字拼成了"杨"字。

1956年，日本乒乓球队在获得第二十三届世界乒乓球锦标赛冠军后访问香港。于是，有人决定借此次机会煞煞容国团的威风，灭了他的锐气，因此，就故意安排他与刚刚获得世界男子单打冠军的荻村对垒。容国团的爸爸很为儿子担心。

　　比赛这天，容国团很兴奋，终于盼来了大显身手的这一天了，豁出去，搏啦！结果，大出人们意料，容国团竟然以二比〇战胜了荻村伊治郎，那些本想借荻村的刀煞掉容国团威风的人惊得目瞪口呆。这一消息，霎时轰动了香港，广大群众欢欣鼓舞，容国团的名字家喻户晓了。明星升起，谁也挡不住它的光辉。父亲高兴地说："那些想压制阿团的人，给他造福了。"

　　在胜利面前，在赞誉声中，容国团没有飘飘然，他只是对自己有了自信，但也发现了自己的不足之处，开始苦心钻研，勤奋练习，终于从荻村的绝招里练成自己的一手旋转球，使许多人都措手不及，难于应付。

　　第二年，也就是1957年，容国团代表工联会参加了全港比赛，一举夺得男子单打、男子双打和男子团体三项冠军。他的知名度更高了。功成名就了，摆在容国团面前的，是两条路：一是往钱眼里钻，接受优厚薪水，过"上等"生活。这是在一般人看来理所当然的路。二是放开眼界，继续苦练，在世界乒坛上为中华民族争气。这种想法，在香港显得过于"清高"了，希望是渺茫的。这时候的容国团异常苦闷，他不想随世俗沉浮，可每日包围他的不绝于耳的赞誉声，又使他觉得很得意，心里也有些飘飘然。一次，香港影界明星张英说："你球打得好，我要向你学。但你也要向我学，当电影明星吧，我看你行！"这不是玩笑，张英确有此意。但容国团不改初衷，谢绝了。他深知，他的前程，不是演员，而是运动员，不能舍本求末。英国政府也曾经出重金聘用他，但他都拒绝了。可是，他的路又在哪里呢？他不知道。

然而，在那黑暗的岁月里，灿烂的阳光已经照进了容国团的心腔，那就是一日千里飞跃前进的伟大的祖国。从1954年起，他每年总有一两次机会飞回到广东，愈来愈多地接触到祖国的新建设和新事物。就在他苦闷彷徨的时候，他应邀随港澳乒乓球访问团到首都北京等地观光，这是他第一次来到北京。以后又到上海、杭州等地参观游览。一路上，那欣欣向荣、轰轰烈烈的社会主义建设图景把他吸引住了，而祖国体育事业的蓬勃发展更加使他欢欣鼓舞。祖国海阔天高，他呼吸到了清新的空气，十分振奋。于是他下了决心：

回来，一定要回来，投到伟大祖国的社会主义建设的行列中去！

也正是此时，主管国家体委工作的贺龙副总理亲自建议请容国团回来。香港工联会征求容国团父亲的意见，老人说：

"我早就想让他回去，回去才有前途啊！"当问到老人有什么要求时，老人表示：

"我是爱国主义者，爱国不能讲价钱。让阿团先走一步，我们随后也去，落叶总是要归根的！"

涓流汇成河，百川归大海，1957 年 11 月 1 日，容国团终于从香港回到了广州。他受到了广东省体委领导和运动员们的热烈欢迎，这怎么能不使他心情激动呢！

"这是我走向新生活的一天，当我踏入广州体育学院所在地时，那些我早已在球赛中认识的教练员，以及乒乓球运动员纷纷和我握手问好，表示了热烈欢迎。这时候，我心里充满了幸福的感觉，很久以前，我就想成为他们当中的一员，现在终于如愿以偿了。"容国团曾经热情洋溢地谈了自己的感想。

他一回来，组织上就花了很大力量为他治病。随着他精神上的愉快和得到了理想的治疗，他的健康状况很快就好转起来。刚从香港回来时，他若一连打上半个小时球就感到体力不支，连跑步也感到吃力。而现在，他和所有优秀乒乓球选手一样，已经能有计划地进行运动量很大的身体训练了，如长跑、跳绳、举重等等，跑三五千米，他已经习以为常。由于体力的迅速恢复，就保证了他在以后的训练和比赛中，能够有充分的精力，连续几天坚持作战。

从此，他的生活掀开了崭新的一页。

多面手奇才

容国团是为了报效祖国而回来的，因此，他到广州后，立即投入对世界乒坛现状的研究中，并提出三年内争得世界冠军，让中国人的名字刻在金灿灿的世界冠军奖杯上。很多人对此并不相信，认为是他在吹牛，因为他身体不是很好，又没参加过世界大赛，并且，他的球技水平也不如日本的荻村和欧洲的别尔切克，但容国团自己则信心十足。为此，容国团开始准备冲击，他为自己制定了计划。首先，他每天练长跑，练举重，练跳绳，练所有有利于增强身体素质的运动项目，不论刮风下雨，还是酷暑严寒，他都持之以恒，从未间断过自己的训练。这么狠打狠练了半年以后，他的身体状况渐渐好转起来，体质增强了，他能够有充沛的精力专门进行乒乓球训练了。

体力恢复以后，容国团开始苦心钻研，勤奋练习乒乓球技艺。他抓住每一次机会与乒乓球名将进行对垒，细心观察别人的打法，牢记在心，然后勤学苦练，融进自己的打法中。还是在他没有回国前，1956年，在香港的那次他与日本名将荻村伊治郎的比赛中，他虽然战胜了荻村，但他发现荻村有一手发球绝招，就是荻村发过来的球一会儿转，一会儿不转，尽管手法不同，但却很难对付。于是他想，如果能用表面相同的手法，发出不同旋转的球，以迷惑对手，这不是更妙吗？于是，他开动脑筋，苦习钻研，勤奋练习，终于他成功了。他练就了一手用相似的手法发出不同落点和不同旋转的球：有时强烈的下旋，有时又不太旋转，这就使最有经验的对手也难于应付。紧接着，他又扩大战果把这一手绝技用于搓球，练就了一手能打出近搓、远搓、加转、侧旋的旋球。这些是他三年后在第二十五届世界乒乓球锦标赛中荣获男子单打冠军的得力武器。当时，在半决赛中，美国冠军迈尔斯曾经被弄得晕头转向，在第五局比赛中只得了七分，比赛还没结束，他就狼狈地退场了。在决赛中，匈牙利老将西多，也手足无措，最后以一比三败下阵来。当然这些还是后话，这里暂且不提。

1958年3月，在九城市举办的乒乓球锦标赛上，容国团接连三次打败了1957年的全国单打冠军王传耀，从而获得九城市乒乓球锦标赛的单打冠军。同年10月，在全国乒乓球锦标赛的单打决赛中，他又击败了姜永宁，获得1958年全国冠军的称号。这说明他的球技已到炉火纯青的境地。

容国团在乒乓球上的最大特点是技术全面：拉、搓、推、挡、左右抽击和放短球都能运用自如。仅就推挡来说，他就能挡出：下旋、上旋、侧旋、加力或减力的球；搓球能打出近搓、远搓、加转、侧旋的旋球；当被动时也能用远台的强力旋转削球作"过渡"打法；在进攻中防守能力特别强，反应很快，随时可用近挡、远削或反击等打法。而最为出色的，则是他的发球抢攻。他能把转与不转这两种手法综合运用，正反手都能用相似的手法发出不同落点和不同旋转的球，从他手下飞出的球时而强烈下旋，低低地落在对方台上。有时，看似旋转的球，却又不太旋转稳稳地飘过去，使人难以判断。即使是经验丰富的对手也难于应付他的变化多端的球。因此，人们称他为乒乓球"多面手"。又因为他抽、杀、吊、削、推、挡、拉、搓样样精通而被人们誉为"八臂哪吒"。

容国团还具有良好的心理素质，临场头脑冷静，自信，机动灵活，能够根据不同的对手灵活地改变自己的战术。他曾说：人人都有惊人的潜力，要相信你自己的力量和青春，要不断地告诉自己："万事全在我。"充分的自信，灵活多变的机制使得他能够充分发挥出自己的"多面手"的技术特长，也因而能够多次战胜强劲对手，取得一次次的胜利。这一点，连国际乒坛专家也承认容国团是位不可多得的乒坛的全面手。法新社有一篇评论曾说："中国的容国团是名符其实的世界冠军，他能够采用东、西世界乒乓球打法的精华。他既有亚洲选手的猛抽猛打的特长，也具备欧洲选手削球的技巧，更妙的是他能融会贯通，变化百出。"

过五关斩六将

1959年3月，第25届世界乒乓球锦标赛在西德的多特蒙德市拉开了序幕。这次单打比赛集中了38个国家和地区的240多名优秀选手。容国团在与群英会战中经历了严重的体力、技术，特别是思想意志上的考验。他先后厮杀了26个回合，连闯8关胜7将，其中包括一个前世界冠军，一个欧洲冠军，两个国家冠军，最后终于成为中国体育史上的第一个世界冠军。

就在临出场前，容国团却向世界乒乓球锦球赛的裁判长提出了一个虽然不大，却令裁判长十分为难的要求，那就是他要求穿长裤上场比赛。

按国际规定，乒乓球运动员只允许穿背心、短裤，是不能穿长裤的。那么容国团为什么要求穿长裤呢？他的理由是他太瘦了，他的两条腿太细，虽然腿细并不意味着他的身体弱，但是与欧洲的那些膀大腰圆的大块头们比起来，他太弱小了，他不愿意人们从身体对比的强烈反差上，就瞧不起自己的祖国。任何轻视自己或自己祖国的行为，他都是受不了的，他要为国争光，向世界挑战。在容国团的一再坚持下，裁判长们鉴于实际情况，考虑到运动员的心理压力，决定打破规定，允许了他的请求。于是，在25届世界乒乓球锦标赛场上就出现了一幕历史上绝无仅有，以后也未曾出现的事：一位穿着长裤，身材颀长的乒乓球运动员出现在比赛场地。

比赛开始了。由于是"种子"选手，容国团第一轮轮空。

第二轮，他的对手是西德名将朗格。容国团先后以21：12，21：15、20：22、21：13战胜了对手，比分是3比1。

第三轮，他很轻易的就以21：13、21：7、21：17的比分战胜了以稳健削球著称的南斯拉夫1959年全国冠军沃·马科维奇。比分是3：0。随后他又战胜了瑞典名选手埃里克森。

名不见经传的容国团就这样连克三员欧洲大将，取得小组出线权。

进入第五轮以后，容国团遇到了被认为是日本队中攻击力量最强的1958年日本亚军星野。这是一场东方式直握拍以攻为主的选手间的大战。容国团在这场比赛中打得非常出色，他机智地用左方推挡压住对方反手的弱点，使对方不能进攻。在这种情况下，星野只好拼命侧身抢攻，而容国团早料到了这一点，就推直线球攻对方右角空档，星野则来不及回身。在容国团的控制下，星野十分被动，穷于应付。结果是，星野以18：21，21：17，16：21，14：21的比分狼狈败阵。而且更为有趣的是，有一局中，在容国团的猛烈进攻下，星野为了抢救球险些跌倒，连球拍也被打掉了，被人们传为笑柄。

第六轮半复赛中，容国团遇到了这次比赛的第一号"种子"选手，欧洲冠军别尔切克。在这以前，容国团同别尔切克曾经五次交锋，容国团虽然胜了两次，却败了三次，其中刚刚失败的一次就是在这次锦标赛的团体赛中。别尔切克具备高度旋转的削球结合反攻的打法，一般人很难抵挡，容国团要想战胜这个对手，

人生能有几回搏
——新中国第一个世界冠军容国团

虽然是难乎其难，要经过一番艰苦的奋战。第一局开始，容国团有些急躁，没有逼使对方离开球台就急于放短球，失误较多，以17∶21败北。第二局时，容国团稳定一下心绪，总结经验，运用了拉、搓结合的打法，使对方站位不定，然后进行突击，终于，以21∶15扳回一局。第三局时，别尔切克进行了强行反攻，但容国团则冷静地以推挡和远台对攻的打法来对抗，从而把别尔切克的进攻顶回，又以21∶19取胜。到第四局时，容国团则改变了战术，使用了拉攻打法，使对方有机会加转逼角，以13∶21又负一局。最后是决战的第五局。容国团冷静地分析了前四局，吸取了教训，仍用拉、搓相结合的打法，迫使对方前后奔跑，疲于应付。结果容国团大获全胜，以21∶5的比分取下这有决定意义的一局。

战胜了别尔切克以后，容国团进入第七轮复赛。这时，他已是全部四名进入第七轮的选手中唯一的一名中国选手。他遇到的对手是美国多次获得冠军的名将迈尔斯。迈尔斯经验丰富，在第五轮和第六轮时，曾以稳健的削球连续淘汰了徐寅生和杨瑞华。能不能为祖国争取到荣誉，就全靠容国团了。不仅是中国乒乓球队，全中国人民的心都提了起来，决不能让美国人赢了这一关。但是迈尔斯也不甘心失败，这次比赛，

30多岁的迈尔斯并没有被选入美国的乒乓球代表队，他是从美国昔城来到多特蒙德的。远渡重洋来到这里，他就是为冠军头衔而来的，因此他在这场比赛中也全力以赴，仍然采取了坚守、伺机反攻的打法，经常削出既低又转的球，使对方难以起板。但容国团保持镇静，他吸取了徐寅生和杨瑞华两场失败的经验教训，以顽强的意志，用多变的搓球对付对方，终于艰难的以22：20的接近比分先胜一局。但紧接着他就以23：25和12：21的比分连输两局。形势很险峻，对容国团很不利，但容国团并没有慌，他对自己依然有充分的自信。他用手抹了两把汗水，总结了一下前三局的经验，便有了对付迈尔斯的办法。果然在第四局里，容国团打得从容不迫，优势越来越显著地掌握在容国团手中。他以21：18取下第四局。到第五局时，迈尔斯已经陷入无法招架的境地，容国团以21：8的遥遥领先的比分拿下这一局，终于以3：2的比分打败了迈尔斯这个老练的对手，为他取得争夺世界冠军决赛权扫清了前进道路上的最后一个障碍。

4月5日——争夺世界冠军的时刻来临了。二百四十多名选手经过七轮的比赛，最后只剩下容国团和西多两个人。

匈牙利选手西多，已经36岁，头发已开始花白，体重100多公斤，他曾经9次获得世界冠军的称号，可谓身经百战，经验丰富。而容国团身体削瘦，颀长，第一次参加世界比赛，可谓年轻的后起之秀。在这以前，两个人曾有过两次交锋，但都是各有胜负，一次是在容国团访问匈牙利时与西多交锋，以3：0胜西多。第二次就是在这次锦标赛的团体赛中，西多又以3：0取胜。如今，两位名将针锋相对了，都各自施展出了看家本领。场上呼声似乎对西多有利。虽然容国团出乎人们意料地迫使迈尔斯俯首称臣了，但在他过了这一关以后，几乎所有的人都断言他再难前进一步，人们已为西多准备好庆祝胜利的鲜花。

西多和容国团在八千多名观众的注视下入场了，这场几天来最为吸引人的决战开始了。比赛一开始，容国团就展开了猛烈的进攻，运用了拉左杀右和发球抢攻的战术，一度以7：3遥遥领先。这时，西多加强了反攻，并连连得分，两人的比分急剧拉平：9：9平……12：12平……16：16平……17：17平，紧张的弦几乎绷断了。最后容国团接球和攻球连连失误以19：21失掉第一局。

容国团擦了擦头上的汗水，冷静地分析总结了上一局中失败的原因，又大步上场了。这次他加强了拉球力量，并注意了西多的反攻。他长短兼施，虚中有实，在猛攻时又突然来个像是放短球，而实际上却是扣杀的假动作，扰乱了对方。西多虽然极力抢球，但最终仍以12：21的比数失败。

第三局时，西多吸取了教训，拼命加转和逼角，不时伺机反攻，曾以7：4领先。场上开始喊声震天，西德的观众的助威声一浪高似一浪，在为西多打气。但容国团不为这些所扰，他仍然保持极清醒的头脑，沉着应战，丝毫不乱，并运用他多变的发球技巧，屡屡得分。西多的反攻也被他左推右攻，连削带打给压了回去。于是，21：15，容国团又胜一局。

第四局时，容国团信心更强了。拉、扣、搓、吊都得心应手，而西多最拿手的逼角反攻在容国团的控制之下，已无法施展。经过艰苦奋战，容国团终以21：14拿下了他在这次锦标赛中的最后一局。这一局的胜利，就决定了他成为中国有史以来的第一个世界冠军。

雄壮的中华人民共和国国歌奏响了，五星红旗在多特蒙德冉冉升起。场上沸腾了，喊声、口号声、敲打声响成一片，容国团和战友们抱在一起，分不清是汗水，还是泪水，落在了他的头上、脸上……

擦干了泪水和汗水，容国团在悠扬的国歌声中走向授奖台，领取了世界男子单打冠军的奖杯——圣布赖德·瓦斯特杯，为中国乒坛谱写了光辉的篇章。他的这次胜利，有力地说明了我国体育运动蓬勃发展和飞跃进步的事实，为中国体育史翻开了新的一页。

两年以后，容国团又作为中国主力战将，在第二十六届世界乒乓球锦标赛中，向世界高峰发起冲锋。当男子团体队与日本队决赛时，容国团在丢失两分的情况下第三次出场了，他对自己说："人生能有几次搏，现在是搏的时候了。"于是擦干了汗水和泪花，精神抖擞地上阵勇猛搏杀，充分发挥了技术水平，又一次力克有"凶猛雄师"之称的日本队员星野，终于拿下了对全局起重要作用的第八盘，从而使中国队以5：3战胜了蝉联四届世界男子团体冠军的日本队，第一次

荣获了男子团体世界冠军，从此结束了日本队连续四届称霸世界男子团体冠军的历史。

1963年，他执教中国女子乒乓球队，在训练中，由于他能从实际出发，以身作则，严格要求，带领运动员艰苦奋斗，认真钻研，从而培养了不少女乒乓国手。1965年4月，在第28届世界乒乓球锦标赛中，容国团扬长避短，发挥了高超的指挥艺术，使中国女子乒乓球队又战胜了实力超过自己的日本女队，第一次赢得了女子团体冠军，登上了世界女子团体冠军的宝座。

容国团为祖国赢得了荣誉。祖国和人民不会忘记他。党和国家领导人毛泽东、刘少奇、周恩来、董必武、朱德、邓小平、贺龙、陈毅都曾多次接见过他，肯定了他对中国体育运动，特别是乒乓球运动的重要贡献，鼓励他继续为国争光。1964年和1967年，国家体委两次给容国团记特等功。广东省还选举他为第二、三届政协委员。生活向他露出了笑脸，他的决心更大，更坚定了。

做一个党外"布尔什维克"

从香港回来的容国团，是秉性谦恭、心地仁厚、温文尔雅、至诚无私的爱国青年，典型的"乖仔"(听话的孩子)，他平时少言寡语，一些人见他昂着头走路，以为他很清高，但与他接触之后，就会觉得他很平易近人，和蔼可亲。他乐于助人，甚至为一些穷队员解囊。他注意和善于把个人名利、声望摆在一个恰如其分的位置，不轻狂，不做作，从不以名流自居，更不爱挤到名流圈子里以示高雅。有的队员受到最高领袖的接见，就激动得流下泪水，思绪万千，心情久久不能平静。容国团第三次被毛主席接见时，有记者访问他，"容国团，你见到毛主席有何感想？"

"我不是第一次见到他了，有什么感想啊。"

记者被容国团的直率吓了一跳，因为在那个年代，容国团说这番话是要犯忌的。

在人群里，容国团反而喜欢与杨荧、谭卓林、郭仲恭这些名气不大的队员结为知己，情同手足。

在容国团获得第25届世界乒乓球锦标赛冠军后，有一天，他与郭仲恭到北京大华电影院看电影，突然影厅内有几位观众惊喜地指着他说："容国团来了！"先是附近的观众把目光投向容国团，旋即全场的人都站起来顾盼。大家齐齐向他鼓掌致意，有人挨近他，要求他发表讲话。他彬彬有礼地向观众点头致敬，然后平静地坐下来。放映时间到了，观众仍然站立。影院的经理于是走到他的身边恳求说："容国团同志，您不讲话电影无法放映。"郭仲恭也在一旁帮着经理求情："你好歹讲几句吧。"容国团感到局促不安，真诚地回答："我是普通人，我不应在这种场合享受这种待遇。"这句话起先只有少数人听见，但很快传扬开去，大家都能理解他，便都慢慢坐下来了。

1961年冬的一天晚上，容国团和好友廖国藏在广州羊城宾馆出来，准备到斜对面的中苏友谊大厦的流花音乐厅听音乐。这是一间不对外开放的高级知识分子出入的地方。容国团刚想进去却忘记带高级知识分子证件，被一个门卫挡驾了，廖国藏准备上前向门卫讲明容国团的世界冠军身份，但容国团立即拉住朋友的手说"算了，算了"，说着便转身离去了。

容国团非常注重个人的名誉，但对于随之而来的利益却很淡薄，有功不自恃。从不向组织开口要官要钱，在很长的一段时间里，他安贫乐道，把自己处于普通的运动员身份上。他为新中国夺得了第一个世界冠军之后，从未向国家要求得到一套舒适的洋房或加薪的待遇。当时他住两房一厅，月薪只有80多元，每月还要扣除大半工资俸养长期患肺病的老母亲。他比起从港澳回来的其他队员130多元的工资差了一大截。组织针对他做出的重大贡献，曾研究过为他调一级工资。后来因一些缘故拖延了。可是他在得知后并无半点怨言。他心里想：从香港到大陆是为了奉献，而不是为了索取。他很明白。现在国家正处于经济困难时期，开口要这要那是一种可鄙的行为。1960年夏，匈牙利队到中国访问比赛，别尔切克故意问容国团："第25届世乒赛，西多得亚军获得7000多美元奖金，你夺取世界冠军又得了多少奖金呢？"容国团不假思考地微笑答道："我们中国运动员搞体育运动是为了身体健康。"正在推销走私手表的别尔切克摇摇头，不相信，觉得这是不可想象的。

有一天，容国团忽然接到香港富翁伯父寄来的贺电和汇款，心情很不平静，勾起了心里一段伤心的往事。孙梅英见容国团沉默不语，走过来问："容国团，你在看什么呀？"容国团慢慢抬起头，"哼"了一声说："过去我在香港当童工的时候，伯父看都不看我，现在我拿到世界冠军了，这么远却打电报和寄钱恭维我。"说完，他很生气地把电报纸撕得粉碎，然后把1000元汇款单退了回去，并且还写信叮嘱老父，今后伯父寄来的物品绝不能收。

在三年经济困难时期，患有严重肺病的老母亲曾一度提出要求回香港定居，容国团认为这样做对国家和政府影响不好，三番五次地将母亲说服了，打消了她的去意。但是，他这位年迈体弱的老母亲终因熬不过饥荒，在广州体委疗养院病逝了。容国团仍坚信中国人民在共产党的领导下，一定能够战胜困难，把国家建设得富强起来。

容国团为人很有志气。他建立小家庭后，新添了一个女孩，经济开支有困难，老父见月底生活费用不够，就向老友梁焯辉借了七八块钱买米，解"燃眉之急"，准备下个月领取生活费再还给人家。这件事被容国团知道了，觉得父亲在外面丢了他这个世界冠军的面子，很不高兴，埋怨说："爸，你又向人家借钱啦，太没志气了，不够钱用可以节约一点嘛。"老父觉得很委屈，顶撞了几句就悻悻走出家门。他找到了孙梅英，哭着说："唉！我的儿子真大脾气，我受不了，回广州住算了。"

"容伯，容国团怎么会得罪你啦？"孙梅英关心地问。

"容伯，你又不是不知道容国团的脾气，他这个人就是竹筒倒豆——直来直去！"老人听了孙梅英的话，心情舒缓些了。

容国团曾生活在资本主义制度下，资本主义和社会主义这两个不同的社会环境，使他形成了独特的性格，他风骨铮铮，不媚俗，不趋炎附势，敢于直面人生，对世态常有一些独到的见解。社会上曾经盲目涌动着一股过激的热潮，认为西装草履、留分头是资产阶级生活方式，甚至强制女同志裤管要超过6寸半，男同志裤管要超过7寸半。容国团很看不惯，认为生活方式是个人生活的自由，每个人都有他自己的生活爱好和追求，不能将一种复杂的政治观念强加在他人身上。在一个周末，容国团穿着一件很合体的花衬衫，正要去赴女朋友的约会，刚出门就挨了一位领导的批评：

"容国团，说你多少次啦，要注意影响啊。"

"都是香港带回来的，不穿不就浪费了吗？"容国团满心不高兴，冷不丁地迸出一句不服气的话。因为这件事，他打电话告知女朋友，说心里闷，不约会了。不久，容国团还是挨了这位领导在大会上不点名的公开批评。他心里很不是滋味，对女朋友说："人，应该有爱美的权利。"正由于他这种憨直的性格。所以在当时遭到一些人的非议。

一天晚上，上面组织球员去看话剧《槐树庄》，剧情从开始到大结局都充满着阶级斗争的火药味，艺术内容极为乏味苍白。他想：建国之后，剥削阶级不是已经消灭了吗？怎么会有这么多激烈的阶级斗争呢？他看了一会儿，就垂下头来思考，坐在旁边的庄则栋，见他兴味索然，好奇地问："今晚这个戏怎么样？"容国团轻轻地摇了摇头，既像回答又像自言自语地嘟哝："这本来是娱乐的时间，竟然又给上了一节阶级斗争教育课。"庄则栋一伸舌头，不敢再问了。

1965年秋，容国团随队员下放农村劳动一个月，进行"世界观改造"。劳动艰苦，伙食很差，影响了队员的身体素质。一位来插队体验生活的《体育报》漫画记者闲得无聊，就在一间集体宿舍里画了一幅水果画。画中都是一些冰激凌、葡萄、香蕉、草莓，给队员作精神会餐。容国团朝画里瞟了一眼，漫不经心地说："队员们，我们在农村劳动完以后，就可以回北京吃一顿烤鸭了。"几个队员经过数日的煎熬，听他这么一说，立即拍掌称好。谁知他说了这句极普通的话也闯了祸，受到了严厉批评，什么"怕艰苦劳动""世界观没有改造好"等等。由于他这种"资产阶级"思想，他的入党问题一直给搁置着。

其实容国团自从加入中国共产主义青年团之后，一直追求共产主义理想，他在志愿书中写道："我志愿入团是希望能够得到团的教育，提高政治觉悟，树立革命人生观的崇高品质，更好地成为我国建设共产主义社会的接班人。"他曾被评为广州市"优秀青年团员"，当选为广东省第二、三届政协委员。贺龙副总理

人生能有几回搏
——新中国第一个世界冠军容国团

曾经找他谈话，要求他申请入党。但他有个人的看法，认为加入共产党就得名副其实，党员的标准并不是要一个人在组织上入党，最重要是看他行动上是不是符合共产党员的标准。如果身为党员，表现却不像无产阶级先进分子，岂不是给党抹黑吗？所以他仍感到自己条件未成熟，暂且做党外的布尔什维克。他朝着共产主义这个伟大目标努力，却在很长一段时间里没有向党组织提出申请。党组织代表了一种意念，在某种情况下，它能划分一个青年的足音与时下的潮流和取向是否合拍。简而言之，就是在当时的气候下，被党组织拒之门外的人就是落后分子，起码不是一个要求上进的有为青年。

女队翻身仗打胜了，容国团觉得自己到了提出申请入党的时候了。他想找党组织谈谈自己的想法，但心里又有些犹豫，觉得自己可能未够条件。不久，教练员傅其芳光荣加入共产党，他忽然羡慕起来了。

"傅指导呀，你现在可是又红又专啦，我要向你学习。"

"容国团，你也应该加入共产党嘛。"傅其芳笑着说。容国团受到傅其芳的鼓励，立即向党组织写了一份入党申请书。

1966年初夏的一天，中国乒乓球队的一位领导来到容国团的家里，面对面地同他谈了入党的事情，容国团以他一贯的作风表态说："请党组织考验我吧！"

初恋情怀

1959年4月24日晚，由贺龙元帅倡议，举办了庆贺容国团等中国乒乓球队员凯旋归来的联欢舞会，邀请了各队优秀运动员代表100多人参加。在这个舞会上，喜爱跳舞的周总理、陈老总等中央领导同志也来了，许多热情美丽的舞伴被吸引过来。周总理一到舞场，就给舞会带来了热烈的气氛，他落落大方，几乎每个舞都不停地一个接着一个地跳，动作简洁，姿态娴雅，给人一种美的享受。这时，舞会上也有许多艳丽动人的姑娘们，总不时向这位面容端庄，风度倜傥的世界冠军容国团投来敬慕的目光，希望他能邀请自己跳舞。但是，对这些姑娘们的频频暗示，容国团好像没有看到和感觉到似的。蓦地，他发现对面有一位姑娘，觉得很面善，只见她打扮甚为朴素，身材修长匀称，黑里透红的脸蛋，举止娴雅沉静。她浑身上下无不流露出一种纯朴自然的健康美。这姑娘正好也向他望来，见到容国团目不转睛地端详自己，像一株被触动了的含羞草，立刻害羞地低下了头。容国团主动

径直地向这位梳着普通的运动员发型的姑娘走过去，彬彬有礼地邀她同舞。姑娘感到惊喜，点头同意了。容国团自然地搂着她的腰，攥着她的右手，双双滑出舞池，翩翩起舞。

"请问贵姓，从很远的地方来吗？"容国团用普通话问道。

"我姓黄，叫秀珍，是广州人。"姑娘用广东话答。

所谓他乡遇故人。容国团一听到乡音，一下感到双方的距离拉近了，也赫然想起，自己以前其实曾见过她。一问，果然如此，又增加了一些亲切感。容国团想起了那年在广州三沙岛体育馆门口专候自己的女运动员那娇憨的身影和面容，真是人生何处不相逢啊。

"你在哪间学校读书？"

"我在广州执信中学读书，小时候父亲早死，生活很穷，就靠大哥出外打工赚钱抚养我们几姐妹。"

两人一边跳舞一边悄声交谈。当容国团得知姑娘的身世与自己相仿，也是苦孩子时，他轻搂姑娘腰身的手，便多了几分柔情。两个人的舞姿和舞步配合说不上天衣无缝，但在舞池中转完又转，十分惬意，既舒畅又温柔，一直跳到10点钟完场，两人才依依惜别。

他们彼此间并不太熟悉，但都留下了深刻的印象。所谓有缘千里能相会，他们在北京再一次邂逅，无疑造成了某种契机。1959年3月，黄秀珍被选上国家田径队集训，与容国团同住在北京工人体育场的宿舍大楼，她在4号楼，他在2号楼，近在咫尺。也许因为都是"老广"的缘故，他们从舞会正式认识之后，开始交往，成了无话不谈的好朋友。一来二往的，男女间的情愫不知不觉就产生了。这里还应该说明，由于容国团自幼生长在香港，平素都说一口标准的粤语，回

055

人生能有几回搏

——新中国第一个世界冠军容国团

归祖国尤其是到了北京之后，见面的人说的都是普通话，容国团尽管也努力学讲普通话，但总不那么习惯。

容国团有时会很骄傲，但这恰恰证明他同时又是自卑的人。他不能接受居高临下的训示或带有怜悯性质的安慰话儿，哪怕转换成情话，也会令他毛骨悚然。容国团需要相互平等的甚至是无遮无拦的交往。这也是许多向他发出求爱信号的姑娘们所始料不及的，所以她们都失败了。尽管这里面不乏有各方面都非常优秀和出色的姑娘。

初时，黄秀珍可能还没有意识到未来将要发生的事情，并不把互相的交往看得那么重。她只是觉得容国团为人直率爽朗，谈吐风趣，好接近，又是老乡，无非是一般朋友而已。但人非草木，相处久了，自然也建立了感情。是乡情，友情，还是爱情，黄秀珍心里也把不住。但她自感只是普普通通的姑娘，运动成绩也平平，与从香港回来的世界冠军能配得上吗？

一天晚上。黄秀珍收到由队员捎来的一张纸条，她打开一看，是容国团写的，上面一行小字。既生疏又亲切："请您晚上跳舞。"看着这行字，她有点儿羞涩地低下头，顿觉脸上一阵阵发烫，一股奇异的心潮在翻滚着……可还没等她拿定主意去不去时，容国团已出现在她的眼前。激动中，她牵了一下容国团的衣袖。两人匆匆下了宿舍楼。

"去吗?"容国团的眼睛里燃烧着炽热的火焰。

"嗯。"姑娘沉吟了一会儿,抬头看一眼老乡,"今天刚刚训练完,我的腿有些酸痛……"

"那——散散步?"

"好吧。"

他们俩肩并肩沿着马路走了好一会儿,最后便拐进了天坛公园。天坛是当年皇帝祭天的圣地,环境清幽,景致迷人。路的两旁栽种有美人蕉、西番莲、夜来香、鸡冠花……飘溢着馥郁的芳香;一座座举世闻名的雄伟建筑物,掩映在苍松翠柏、槐榆杨柳之中。这对情侣依偎在一张清凉光滑的石凳上,品尝恋爱的芳醪。

一向在姑娘面前稍显木讷寡言的容国团把心中的激情向姑娘倾诉,当他讲到在香港慈幼学校读书时不参加学校教堂的礼拜,被牧师罚站一个小时,姑娘投以钦敬的目光;讲到父亲失业他不得不辍学当童工,过早染上肺病,姑娘闪着同情的泪花;讲到打败不可一世的世界冠军荻村时,姑娘露出了美丽的笑容;容国团望着天上的月光,无限感慨地说:"如果没有爸爸这种爱国的思想和他对我的支持,我可能回不到祖国大陆来了,甭说拿世界冠军,连我们都不能在这里相见了。"

这真挚的话儿让姑娘大为感动，她听到激动处，主动将身体向容国团胸膛上依偎，聆听其热切的心跳声。容国团俯首用鼻子不断嗅着姑娘身上的芳香。一刹那间。两人都有一种骨肉相连、血脉相通的触电感觉。黄秀珍含笑地缓缓合上双眼，容国团趁机轻轻用嘴唇吻着女友烫热的双颊。

月儿含羞地躲进了一团云里，璀璨的星星眨动着一颗颗小眼睛。一会儿，月亮又从云团中跳了出来，光芒四射，那些隐藏的虫鸟被这骤然降临的光明惊醒，欢乐地歌唱起来。

这对情侣手挽手来到"回音壁"，两人拉开距离，附耳回音壁，彼此向对方山盟海誓。之后，他们又登上"祈年殿"，祈天保佑他们同心永结，比翼齐飞。

"给，"容国团从口袋里掏出一只精致的纪念品，闪光的金属镶边之中，有一幅小巧玲珑的美丽的画片，"这是一位外国朋友送给我，我转赠给你。"

黄秀珍手捧纪念品，惊喜地凝视着容国团，不好意思接受，"这太珍贵了，你应该自己留作纪念。"

"我就是要把最珍贵的……"容国团的话说了半截，脸上掠过一束热切的神情，"……送给你。"姑娘的心在怦怦直跳。

黄秀珍怀着敬仰的心情，收下了珍贵的礼物。回到宿舍门前，在夜色月光里，他俩深情地握别。

快乐的日子

容国团的婚恋公开之后，人们都感到大惑不解。不明白他为什么舍弃众多优雅俊美、身份和职业绝对出众的女朋友，单单挑中了论才貌、论背景都一般的黄秀珍。来自广东的同乡甚至用粤语挖苦地说："千拣万拣拣了个烂灯盏。"容国团撇撇嘴反驳说："单纯一个靓字有什么用，能当饭吃吗？我要的是贤妻淑女，不是花瓶！"

"容国团，你不是常捧着书看吗，书里有一句秀色可餐的话儿到底是什么意思？"有队友调侃说。

"我认为黄秀珍很合我的眼缘，其实她一点不丑陋，广东妹子大都是颧骨高些，皮肤黑些，我几乎对她是一见钟情。我相信缘分！"容国团坚持己见。

话说到这个份上，大家一时都做声不得，反倒敬佩容国团的人格和品行了。从香港资本主义花花世界回来的容国团，用一句时髦的话来说，真的是"出污泥而不染"。容国团选择这位并不出名，相貌也不出众的女运动员，是相中她的贤惠、朴实和善良。后来的

人生能有几回搏

新中国第一个世界冠军容国团

事实也证明他们是一对志同道合的好伴侣，他们都以体育为终身事业。在1959年11月全国冬季田径运动会上，黄秀珍在容国团的鼓励下，获得女子跳远第一名。

那时，黄秀珍所在的田径队搬到西郊的北京体育学院，容国团他们仍住在工人体育场。彼此相隔的地方很远，只能每星期相聚一次。他们常常在星期天上午一起看一场电影，或聚谈一番，下午就匆匆各自回驻地。但他们每一次的相会，都是快乐的。有时，容国团兴奋地把自己写的诗歌，拿出来让女友评价，一起研读修改；有时，他拿起毛笔练习书法，并要黄秀珍也在一旁跟着学；有时，他会拿起吉他，弹一首广东乐曲或什么民歌，要她伴唱，她执意不开口，他便乐陶陶地自弹自唱起来；有时，他做出各种鬼脸，逗得黄秀珍眼泪都笑出来了……

真挚的爱情，总是天真无邪，欢乐而又富有情趣的。在一个春天，容国团和黄秀珍约好，星期日去北海公园游玩照相。不料，星期六黄秀珍练杠铃时，不慎跌杠碰在牙齿上，整齐雪白的门牙，有一颗被崩去一角，一张开嘴，就十分难看。那天，黄秀珍坚持不照相了，可容国团非要她照不可。

"你要我献丑呀。"黄秀珍狠狠瞪了容国团一眼。

"这有什么呀？"容国团爽朗地笑了起来，逗趣地说，

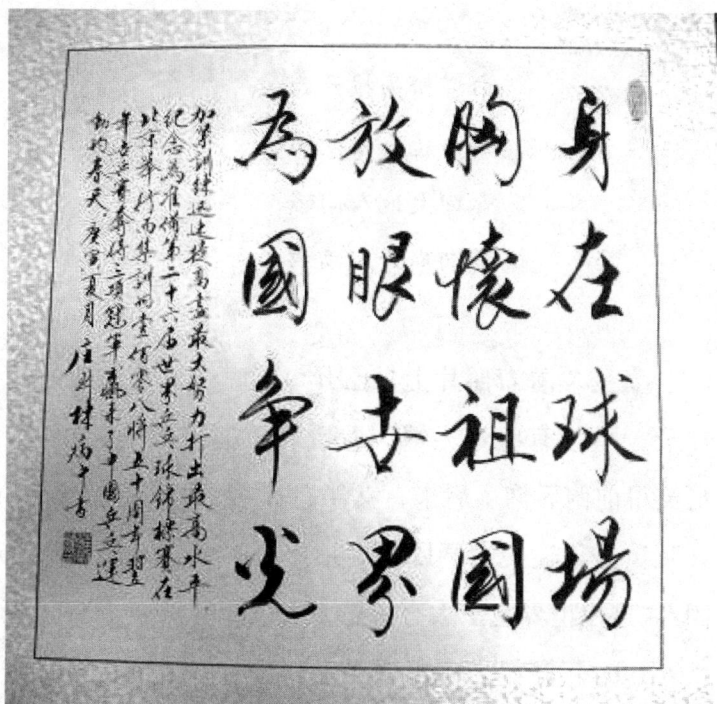

身在球场
胸怀祖国
放眼世界
为国争光

"把嘴闭紧，不就不碍你的美貌了吗？"

"去，去!"

"你就答应了吧？"

黄秀珍熬不过容国团的纠缠，只得同意。但是开拍时，容国团却想尽办法逗她："笑，笑，笑一个呀！唉，你连笑也不会呀?来，我笑一个给你看。"他说罢，自顾自地哈哈直笑，引得她闭不住嘴……

照片印出来了，容国团连照片带信寄给在郊外体院的黄秀珍，并附上一首他写的别有情趣的小诗：

　　白塔松高拨开云，

　　鸟语花香处处闻。

　　春回大地人间暖，

　　笑颜崩牙入画中。

　　黄秀珍看着照片上自己开口笑时缺一角门牙的怪样子，不禁有些难为情，看看那首趣味横生的小诗，更笑得前俯后仰。后来，女伴们看到照片和那首小诗，又听黄秀珍述说容国团逼她拍照时的情景，都笑成一团："这位世界冠军太有意思，太风趣啦！"

　　1964年开始，容国团决定和黄秀珍结婚。一切用品都已备办整齐，就等喝喜酒了。10月份他突然接到担任女队主教练的重任，婚期只好重新考虑。

　　他把这件事与黄秀珍商量，想不到她很爽快地同意了。这会儿，黄秀珍也从运动队下来了，在业余体校当教练，又和容国团住在一栋楼。她住在五楼，他住在三楼，两人又接近了。黄秀珍很温柔体贴，经常为他收拾床铺，倒烟灰缸，洗衣服，到饭堂打饭，冲开水，甚至帮助他抄写训练计划，对容国团的事业给予很大支持。后来容国团从国外胜利归来，带来了一个"考比伦"杯——女子团体冠军杯，作为他们结婚的礼物。

1965年9月14日，28岁的容国团和26岁的黄秀珍两位有情人喜成良缘。他们还把容勉之从广州接到北京定居，一起住在北京幸福大街光明楼。婚礼在家里举办，室内没有豪华的陈设，也没有时髦的家具，除了床和柜是新买的，其他全是公家的物品。婚宴很简单，都是些点心、糖果，没有举行什么婚礼仪式，很革命化。这一天，陈先、张钧汉和广东老乡陈镜开、庄家富、胡炳权等领导和队友陆续前来参加容国团这个平淡无奇的婚礼。尽管婚礼没有排场，但他俩却感到非常充实和幸福。第二天，这对小夫妇又各自投入到繁忙的工作中去了。

建立了小家庭，日子过得蛮美满，父子媳之间和睦融洽。容国团经常早出晚归，大部分时间都是父媳一起见面的多，黄秀珍很孝顺老人，她有什么心里话都对老人说。老人有病，她就主动为他去找医生，有好吃的就先给老人，待他如亲生父亲一样，使得这位刚失去老伴不久的老人心灵得到抚慰。老人常在别人面前夸奖说："我的儿媳妇比亚团还关心我哩。"老人为了小两口在外面做好工作，主动承担起家务事。他在香港当过厨师，有一手烹调的好手艺。他知道儿子喜欢吃鱼虾、螃蟹和馄饨，一到星期天，他就做好这几道美味菜肴端上餐桌。容国团还时常邀请要好的朋友到他家里一起品尝，谈笑风生。

容国团在队里工作严肃认真，不苟言笑，但回到家里就喜欢开玩笑，常常讲些俏皮话逗得全家都开心。有一次，黄秀珍早回家，在厨房做菜，容国团回来后，蹑手蹑脚走到她的背后，扮猫儿叫，把她冷不丁吓了一跳。

"你怎么啦，神经病。"黄秀珍回头嗔了一句。

"亚团，你怎么这样呀，吓死人怎么办？"屋里的老人听了，偏帮儿媳妇。

"没关系，开玩笑，下次不敢了。"说着，容国团刷地拼腿立正，向黄秀珍举手敬礼，表示"赔礼道歉"。黄秀珍瞧他这个傻乎乎的样子，不禁吃吃地笑，乐得合不拢嘴。

在家里。有时，父子俩对在香港看过的西欧和美国的电影评论一番；有时，容国团抱着吉他自弹自唱；有时，容国团请朋友到家里下象棋和围棋……使这个小家庭充满了欢乐的气氛。

结婚一年之后，黄秀珍怀孕了。容国团笑着对她说："如果是生男孩，就给他取名字叫飞舟。"

"为什么？"

"毛主席《沁园春·长沙》词里有'到中流击

水，浪遏飞舟'之句，将来孩子应该不怕困难，勇往向前。"容国团很喜欢读毛泽东的诗词，还临摹毛泽东的字体，对领袖有着深厚的感情。

1966年10月2日，一个小生命诞生了，是女孩，出生时体重只有4斤4两。容国团高兴地把女儿抱到黄秀珍的床边说："你认为给女儿取什么名字好呢？"

"由你来取吧。"

"健雄好吗？"容勉之走过来插嘴说。

我认为就叫她劲秋。容国团解释说，"女儿是秋天出生的，人家说秋风萧瑟不好，但毛主席说 一年一度秋风劲，认为秋天好，疾风知劲草嘛，你们觉得取这个名字好吗？"黄秀珍和老人点点头，表示同意了。这些快乐的日子像阳光一样，洒落在容家的生活之中。

一花引来百花开

容国团赢得了中华民族第一个世界冠军，像一声响亮的春雷，惊动了全球。他的胜利令中国人在世界体坛上第一次扬眉吐气。国内外的报纸都以头版头条，大字标题报道这个中国体育史上值得大书特书的喜事。《日内瓦日报》评论说："中国运动员在世界上以优秀选手的姿态出现，这件事看来比容国团个人的胜利更加重要得多。"曾多次获得世界冠军的英国乒乓球手李芝撰文说："一个中国的体育学院学生获得了世界乒乓球锦标，是我们意料不到的，在其他的六个锦标都为日本人所得的情况下，容国团像是鹤立鸡群，特别得人好感。"在容国团夺魁这天，国际乒乓球联合会第25届代表大会，以37票对5票，通过一项决议，宣布下届世界乒乓球锦标赛在中国北京举行。这又是中国有史以来，首次争取到在国内举行世界比赛权的殊荣。

喜讯接二连三传来，全国上下一片欢腾，人们莫不感到骄傲和自豪。不少港澳台同胞、海外侨胞，特别是香港筲箕湾街坊，听到这个令人振奋的消息，纷纷致电祝贺，他们情不自禁地到街头集会，燃放鞭炮，振臂呼喊："祖国万岁！"一位香港同胞欢欣鼓舞，即席喜赋：

> 波(球)桌群英逐，板下谁雌雄。神州容国团，今日真威风，百战无敌手，建立非常功！万里接金杯，不负平生志，战将四五员，并列高名次，捷报雪片传，国人尽欢喜。光荣有此日，党教为之基，百年病夫辱，早洗天下知……

陈毅副总理在中央广播电台演讲中说："中国人民从来是勇敢，顽强，不示弱，不落人后。容国团等体育健儿取得的光荣成绩，将载入世界体育运动史册，中国体育上的屈辱日子一去不复返了。"

香港《大公报》在"青年人"的栏目里，发表了一篇《容国团与青年人》的文章。指出："容国团在群雄角逐中，荣获男子组单打冠军，为中国人在世界体坛上吐气扬眉，这是我国体育史上值得大书特书的事。从容国团所走的路可说明一个事实：中国并不是没有人才，而人才是需要国家培养的。此外，在任何困难环境下的青年，千万不要气馁，只要抱定'有志者事竟成'的宗旨，锲而不舍地为理想刻苦奋斗，把所学贡献给国家，终必有成功的一天。"

"我们这一代青年，真该庆幸有了一个强大的中国，给我们带来了无限光明的前途。只要你有一颗纯洁的爱国心，绝不会使你失望。容国团成功的事例，给我们青年人上了生动的一课。"

在这个时候，国内各地都给容国团寄来充满着热情与希望的大批贺信贺电，北京航空学院的同学们在红色的信纸上写道："当我们听到容国团同志夺得男子单打世界冠军的时候，没法控制内心的激动，因为可爱的祖国又多了一个世界冠军。"辽宁大学中文系6014

班的全体同学在来信中说道:"不管黄沙扑面,我们决心学习你(容国团)的精神,有信心攻克文艺理论科学堡垒。编写出《中国文艺学》来。"

评论员指出:"容国团在这次第25届世界乒乓球锦标赛中,夺得了和团体赛同样引人注目的男子单打比赛的世界冠军,为祖国争得了光辉的荣誉,打开了我国运动员在乒乓球和其他运动的世界锦标赛中获得世界冠军的大门。"容国团成功的实践,为中国打破了世界冠军高不可攀的迷信,拨开了笼罩在世界冠军皇冠上的神秘迷雾,激励着更多的人解放思想,勇攀世界高峰。继容国团后夺得世界乒乓球男子单打冠军三连冠的庄则栋,当年曾讥笑过容国团的誓言是"吹牛",现在他们却感到无地自容了。他们觉得自己思想太保守了、太没出息了。李富荣说:"容国团获世界冠军后,我的最高目标是夺得世界冠军,在男子团体决赛中出场胜任,为国争光。"

西多在比赛结束后曾对记者说:"只有钢铁般的意志,才能经受住严峻的考验,容国团的胜利证实了这一点。"就是因为容国团这种不屈不挠,为祖国而拼搏的精神,影响了一代人。1960年初,中国登山队在容国团的精神鼓舞下,以不怕牺牲、不怕困难的顽强斗志,代表中国第一次登上了世界的最高峰——珠穆朗玛峰。容国团听到喜讯，即兴赋诗一首《贺中国登山队》：

翻山越岭破重关，

登高健儿不怕难。

一心向前为祖国，

飞登高峰立奇功。

体坛豪杰多辈出，

更喜登山又居上。

跃进中华震四海，

举国人民尽开颜。

容国团是共和国的阳光雨露哺育出来的一枝"报春花"，这枝报春花开遍了祖国大地。在庆祝五一国际劳动节时，首都举行了10万多名运动员组成的体育大游行。其中成千上万的乒乓球运动员表演着各种击球姿势经过天安门。后浪逐前浪，人人争上游。举国上下掀起了一股"乒乓热"，挥拍上场比赛的人数竟达到9000万人次。仅1959年9月，北京市西城区举办的职工、干部万人乒乓球冠军赛，报名参加比赛的人几乎超过2万。在少年儿童业余体校接受乒乓球训练的也有2万人，从中选出了不少全国优秀球员组成国家队。

出现了一个群星不同一般璀璨的盛况。当时日本报刊指出："由于中国是一个社会主义国家，能够指向一个目标，集中地做努力，才能发现和培养众多的天才。这是中国获胜的最大原因。"另一家外国通讯社也评论说："容国团取得的胜利，在世界乒坛上是一个转换点，中国将执掌世界乒乓球运动的牛耳。"啊，是容国团打开了世界冠军的大门，使全世界乒坛高手从此对东方健儿望而生畏，使中国乒坛常胜不败。

上海乒乓球厂的工人听到容国团取得胜利的特大喜讯，颇受鼓舞，他们认为：中国乒乓球技术已经达到世界一流水平，而我国生产的乒乓球也应该达到国际标准。特别是他们听到第26届世界乒乓球锦标赛要在北京举行时，更为兴奋。于是，全厂职工在党的

"奋发图强"口号号召下，掀起了技术革新运动，终于试制成功了一种质量很高的乒乓球。这种产品应当起个什么既好听又有意义的牌名呢？厂里的职工们认为当前面临着两件喜事，一件是中国运动员第一次荣获世界冠军；另一件是中国制造的乒乓球质量达到国际际准。这是"双喜临门"。因此，大家便给这种乒乓球起了一个富有中国民族色彩的牌名——"双喜"。仅两个季度，全国各地向这间厂要的乒乓球数量由2万多箩(每箩144只)激增到15万多箩。

体育事业的成就，运动员为祖国荣誉而拼搏的精神风貌，振奋了海内外中华儿女的民族自尊心、自信心。激发出各条战线振兴中华、建设祖国的巨大热忱。人们从体育看中国，看到的是国魂、民气，是"团结起来，振兴中华"的壮志豪情。在全国人民正欢欣鼓舞地大搞社会主义建设的时刻，中央新闻纪录电影制片厂于8月中旬拍摄出一部《夺取世界冠军》的纪录影片。整部片子贯穿着浓烈的民族情，跳动着赤诚的爱国心，使人产生强烈的共鸣，激励着人们锐意图强，努力奋进。

严师出高徒

  中国男队参加第27届世界乒乓球锦标赛，战绩辉煌，又一次获得了团体、双打、单打三项冠军。但是，没有容国团的份儿，他参赛战绩不佳，连中国对欧洲的团体半决赛，都不用他上场了。

  容国团在世界乒乓球锦标赛结束之后就退役了。贺龙元帅不愧为一位伯乐，他很了解容国团，知道他久经沙场，经验丰富，且爱动脑筋，足智多谋，胆略过人，是难得的将才，于是安排他到国家乒乓球男子二队当教练。其实，容国团当年在香港为了糊口。曾先后在公民健身会、太古俱乐部、东方戏院、康乐馆等多间俱乐部当过教头，连英国人也曾试图以重金聘请他到英国某俱乐部任教，可谓"拳头上立得人"。当时他只有十六七岁，少年老成，成为香港最年轻的教练。

  容国团从到国家乒乓球男子二队当教练这天开始，很严格要求自己，处事认真负责。在教练工作中，既能调动队员训练的积极性，又能及时发现问题和解决问题，有效地提高训练水平。他反对队员盲目模仿自己的技术打法，认为后人总要超过前人，队员完全照教练的样子学，不会有出息，教练完全按自己的样子教，说明没本事。所以他说："必须把自己成功的和别人成功的东西教给运动员。"因此，他力求根据乒乓球运动的发展趋势和队员的实际情况，抓住主要矛盾，为队员指出努力方向。在他门下，培养成了区盛联、周兰荪、于贻泽、王家声等几个得意门徒。

容国团与区盛联很早就认识了。1959年12月，全国举办了一个青少年乒乓球选拔赛，甄选一些优秀的青少年球员进入国家队。广东队选手区盛联与河北队

人生能有几回搏
——新中国第一个世界冠军容国团

选手张振海打对抗赛。容国团和一位广东教练走过来看他们比赛。这时，区盛联由于精神紧张，不适应对方削追身球，一连输了两局。休息时，区盛联垂头丧气地走到教练面前接受指导。教练瞥了一眼身边的容国团，笑笑说："容国团，你有何高见？"容国团像军师似的，分析了这场球赛，认为双方打法都是拉长搓攻。对方是打削球，区盛联是直板攻球，一个矛，一个盾，必须避实就虚，用他的长处打对方的短处。他很果断地对区盛联说："我看对方只懂得下旋攻球，他不会接上旋攻球，所以，下一场比赛，你全部给我吊起来(打上旋球)。吊到灯笼这么高也不怕，他不会反攻的，你要坚持啊，一板都不能搓。"

区盛联听后，像被充满气的皮球，一蹦一跳地上场了。一交战，他就全部采用上旋的拉攻战术，把对方打得一塌糊涂。区盛联打了一会儿，感到很顺手，又忍不住改用搓攻，但一搓球，就被对方连珠炮地扫射过来，无法招架。区盛联去捡球时，回头看看容国团，见他面孔像峭壁一样严峻，区盛联跺了跺脚，下决心贯彻这个不是自己特长的战术，结果又把对方拉得很不耐烦，不是起板攻球出界，就是削球下网。区盛联连赢三局，反败为胜，夺得了全国青少年选拔赛第三名，被选入国家二队并与容国团同住一室。容国团把区盛联当做亲兄弟，关心和爱护他。队里要求很严格，早上出操、训练、学习、讨论战术，一切安排得有条有理。

"猪仔，快点穿鞋呀，出操啦，不要迟到啊！"容国团每天起床总是叫醒他。区盛联每听到这个声音，忙不迭一骨碌下床，穿好衣服和鞋子，跟容国团一起奔向操场。在容国团的悉心培育下，区盛联的技术进步很快，被称为多面手"小容国团"。

在几个得意门徒里，周兰荪为大弟子。他气力大，是"重炮手"，打法凶很，虽然打球历史比庄则栋、李富荣他们早。但技术不够全面，对外比赛成绩不佳，一度什么都想学，看见这个队员发球抢攻技术好，或那个队员削球反攻技术好，就跃跃欲试，结果他邯郸学步，发挥不出个人的特长。有的队员逗他"战略上藐视敌人，战术上也藐视敌人"。容国团对他循循善诱，用自己打球的体会启发周兰荪："我过去打球因为体力差。所以脑子想得比较多，靠用灵活多变的打法巧取对方，而你体力比我好，杀球力量大，应该集中优势，充分发挥你左推右攻的特长，打好实力战，确立自己的独特的风格，再据此有目的地去加强薄弱环节，千万不要丢掉特长抓特短，搞得越来越没信心。"

"是啊，我过去老犯这个毛病。"周兰荪得到容国团的指导，方向明确了，信心也加强了。经过几个月的训练，他的技术和战术都有了很大的提高。在1964年元旦的一次国内高水平的比赛中，他第一轮仅以2:3负给世界双打冠军、怪球"魔术师"张燮林，后以3:2和3:1直取世界单打亚军"轰炸机"李富荣、世界双打冠军"智多星"徐寅生等两名高手。

容国团对孙兰荪的出色表现感到很满意，但对他的要求更严格，更一丝不苟。他在周兰荪的训练日记本里是这样批写的："我认为这次比赛从各方面来看，表现是不错的，尤其是虽然输给张燮林后还没有气馁，直取李(富荣)、徐(寅生)两人。对张燮林用持久战的战略是对的，问题是具体战术运用时，突出不够大胆和果断，只有中等力量，而没有重板扣杀，因此，中等力量的作用也就不大了。其次，在相持时，如17平、18平，往往失分，即不够过硬，是否在这个时候，不相信自己，信心不强呢？"

为此，容国团要求周兰荪继续加强体能训练，给他制定出一个训练计划：即星期一、三、五、六早上6时25分至7时20分进行推举、俯卧撑、大哑铃、双臂屈伸的四次上肢力量练习；下午练完球后，进行杠铃的深膝蹲下肢力量练习；运动量逐步有计划增加。他认为："头几天必然会反应较厉害，甚至会影响打球，但这一点一定要坚持下去。"一个星期后，容国团又在他的训练日记本里批道："你说有时候体力不好，注意力不够集中，还会影响训练质量，世界比赛屈指可数，望咬牙坚持，经常以为集体事业贡献一切力量为己任……"

在容国团的悉心指导下，周兰荪日有所成，月有进步，技术越来越全面，被称为"实力派"。在参加第28届世界乒乓球锦标赛中取得了男子单打季军，终于进入我国最优秀的乒乓球选手行列。后来周兰荪在回忆中感慨地说："我在容国团的指导下，进步很快，他当我们的教练是很难得的，他很聪明，是个天才。"后来，他把容国团生前在他的训练日记上写的批语，作为经验和方法教学生，获得很好的效果。容国团在执教期间，很认真地学习毛泽东的军事著作，以及《孙子兵法》、外国的军事史记等书籍，并做了详细的笔记心得。对军事方面的知识很宽广，常令人吃惊。有一次出国访问时，容国团同一位意大利人交谈，津津乐道地讲起了意大利民族英雄加里波地，讲到了他打仗时的战略战术，讲到了他的为人品质，使这位意大利人不胜惊讶，感慨地说："你比我这个意大利人更了解他。"

1965年夏，政治学习日益增多，严重干扰队员的技术训练。容国团觉得这样天天政治学习，使队员训练的时间越来越少了，发展下去体育运动员就会变成政治运动员了，到时怎么带领这支训练无素的球队去作战啊。他阴沉着脸，对理论员不理不睬，仍然我行我素，投入紧张的教练工作。理论员很懊丧地去找庄家富教练。

"我要抓紧时间训练呀。"庄家富无可奈何。

"我们要踏踏实实训练，小事情不理他！"容国团又走了过来，很有气。理论员见讨个没趣，跑到体委告状去了。

正由于容国团把教练工作作为自己的神圣职责，用自己的汗水浇出一株株体育小苗，使这些小苗得以茁壮成长。

侦察秘密武器

国际乒乓球联合会主席蒙塔古评论当时世界乒乓球运动现状的时候指出："东亚正处在巅峰状态，现在，乒乓球这门艺术的精华是在东方。"在同一个东方，正当日本人在第25届世界乒乓球锦标赛要囊括全部冠军的时候，年轻的中国选手首先打破了他们在男子单打方面连续保持了四届"王座"的优势，夺走了这项冠军。

日本乒乓球协会理事长兼日本代表队总教练长谷川喜太郎，在1960年8月的一篇文章中警告说："我们不能忽视世界乒乓球运动的奋斗目标已经转向中国这一事实。"星野也写道："必须赶快研究并掌握对付中国选手的良策。"于是，日本人开始了紧鼓密锣的研究工作。荻村和涩谷等人认为，对付中国的办法，首先在于发挥他们认为中国选手所没有的加转上旋攻球，以击退靠台很近实行短打的对手；同时不仅发挥正手，也要采取两面攻球，遇到正手的来球就加转进攻，遇到反手的球就推挡回去，迫使对方东奔西跑。荻村还概括说："我们如果掌握了非常有把握而又有力的反手推挡技术，加上发挥正手攻球的旋转力，就能同中国选手一决雌雄。"

从日本队在准备这届锦标赛对欧洲、对中国两面作战的方案来看，他们在技术训练上的准备，更加明显地针对中国一方，日本队在集训中特地召集了他们认为打法像中国选手的运动员一同练习，以便使参加第26届世界乒乓球锦标赛的正式选手着重训练和掌握对付中国选手的方法。经过了一段训练以后，长谷川喜太郎对日本队员的技术表示很满意，并且夸口说："中国选手可能在将来对日本造成很大威胁，但是现在还不能。"

原来，日本队为了保持世界领先的地位，最近研究发明了一种"秘密武器"，名叫"弧形上旋球"（简称"弧圈球"）。这是日本运动员在打球时偶然发现的一种旋转性很强的进攻技术。他们用反贴球拍，击球时猛然往上抽拉，使球产生强烈的上旋，尽管球慢而高，出现一个弧度，但由于球旋转得很厉害，对方接球时很难控制，接过去的球往往飞得很高甚至出界，特别初次接触的对手因毫无思想准备，多会出现失误。威胁更大的还在于这种球会造成对手惊慌失措，思想混

乱，手足无措，所以杀伤力很大。这种秘密武器，对刚刚崭露头角的中国运动员威胁甚大。当时中国国家队都是只闻其声，未见其形，不知道弧圈球的打法究竟怎么样，心中无数，大家都很想尽快见识一下。

不久前，东欧劲旅南斯拉夫和匈牙利组成联队访日，竟被日本队打得一败涂地。日本队扬言，他们的"弧圈球"是不可战胜的，将在第26届世界乒乓球锦标赛压倒一切强手，保持他们的冠军地位。这就在中国队教练傅其芳心上投下了一层焦虑的阴影。新的课题摆在他的面前："这个秘密武器，必须了解它，掌握它，制服它！"

正在这时，傅其芳从香港的老伙伴薛绪初口中得知日本队到香港进行访问比赛的消息，这真是一个摸清"敌情"的大好时机。当时的技术设备也限制了中国乒乓球队，不能像今天那样可以通过摄像手段一个定格一个定格地捉摸对手的每一细微的动作，从而掌握对手的球路，而只能采取笨功夫，如现场观看"偷师"之类。派谁去侦察好呢？他想，容国团脑瓜灵，技术全面，是最佳人选，但容国团是世界冠军，又是在香港生活过的人，容易让人察觉而暴露目标。于足他便改派对乒乓球颇有研究的削球手庄家富做"探子"，专程去香港"侦察"。几天之后，庄家富返回

人生能有几回搏

新中国第一个世界冠军容国团

北京了。刚进宿舍大门，容国团就捉住他关切地问："喂，日本弧圈球是不是真的那么厉害？"庄家富气定神闲地说："日本弧圈球厉害是厉害，不过我们如果把球打得短一些，是可以制服弧圈球的。"庄家富呷了一口白开水，又说："我看了日本队同香港队的比赛，香港队老将刘锡晃用搓短球的打法赢了日本队的星野。所以，可用短球对付日本人。"

"这我就明白了。如果真要与日本队决赛，我就不怕了。"因为容国团对刘锡晃的打法了如指掌，由此及彼，对日本神乎其神的弧圈球也就有了一些初步的认识。

在比赛前夕，国家乒乓球队召开了一次"诸葛亮"会议。大家研究分析世界乒乓球锦标赛形势时，认为如果中国队与日本队打入团体决赛，中国队最多是把比分拉成4：5。容国团见队员还是有保守思想，害怕洋人，便胸有成竹地说："我队与日本队打入团体决赛，中国队能以5：5，或者还会高一些，这是因为我们已经摸索到日本队弧圈球的打法，而且找出了用搓短球快攻制约弧圈球的对策，知彼知己百战百胜嘛。"大家听了容国团这番鼓舞人心的话，都像吃了一颗定心丸。

在会上，直板快攻手庄则栋受到容国团的启发，不觉心有灵犀，他像容国团一样学会了独立思考。他暂时舍弃练习弧圈球，暗自练一种对付日本弧圈球的独特招数。即首先发一个近网的小球，使对方第一板无法拉弧圈球，把对方引入台内，球过来后，就施展强攻，对方即使也送来一个小球，仍要在台内弹、拨、抢攻。将对方的球引上来，再打下去，让他无法先拉弧圈球，只能"循规蹈矩"，让对方陪着比速度、比对攻，而且还能做到对台内、台外右角、左角、上旋、下旋、提拉等球，都有能力去弹、拨、抢攻。他确定了这个内容之后，在训练中对每个球的得失都做了统计、分析，找出问题加以纠正，体会球性，慢慢地球在板下就渐渐顺了，并会得心应手。庄则栋的这个主意，结合容国团等人的融会贯通，后来就成为在第26届世界乒乓球锦标赛专门对付日本队的一种有效手段。

画 龙 点 睛

4月18日深夜，在卢布尔雅那市中心的"象"旅馆，住着参加第28届世界乒乓球锦标赛的各国代表团。二楼204房间的窗口，还亮着灯光。它，就是中国代表团团长荣高棠的住所——也是中国队运筹决策的统帅部。各成员每夜都集中在这间房子里出谋划策。

明天，就是女子团体决赛了，如何指挥打好这场具有历史性重大意义的"战役"，大家都在紧张地研究讨论女队上场的人选。

在这个剑拔弩张的决战前夕，出场人选是需要缜密选择的。四名女将都有打这一场关键球的实力。但如果从她们临场的思想情绪、技术状态等因素考虑。却令人很难分出高下，若用兵不当，就会差之毫厘而谬之千里。外国专家曾认为："中国女队直板不如日本，横板不如欧洲。"然而，容国团提出的女队以两块横板对付日本队决战的方案，已在参赛前为大多数人所接受，少数人仍持不同看法。今天，他们看到梁丽珍、李赫男这两名直拍快攻选手战绩奇佳，一路斩将破城，锐不可当，创了两个3：0、3个2：0的纪录，锋芒毕露。于是，有人说："梁丽珍和李赫男士气旺盛，应该让她们一鼓作气打决赛，如果万一没用这两名虎将，输了球谁也担当不起。"

"林慧卿、郑敏之这两名横拍削球手，从团体赛以来，仅打过一次软仗，战绩平平，而日本女队对付削球的能力是有据可查的，几届欧亚各大洲的削球名将，都成了日本魔女的刀下鬼。"

也有人分析说："虽然我们的两名直板选手一直势如破竹，但是这个靶已经被日本瞄准了，她们有备而战，严阵以待。"荣高棠团长坐在沙发上，摸着两腮，认真倾听大家的发言，觉得他们的意见也不失中肯。他呷了一口浓茶，目光停留在坐在旁边的女队主教练容国团身上。这个久经沙场，满腹韬略的前世界冠军，一直默不作声，凝神专注地倾听大家的意见，面部呈现深思的神态。团长很了解他：这位智勇双全的战将，曾在第26届争夺男子团体决赛前的会议上，就敢于直陈己见，且成竹在胸，认为中国队与日本队交锋，能以5：4取胜。结果还真如他所预料——赢了，还打少了一场，以5：3胜出。

　　"容国团，你有什么意见？"荣高棠放下茶杯问道。这时，人们都把目光集中到容国团身上。容国团

望望大家，坦然地说："战地之间，兵不厌诈，我主张出两块横拍去打日本，这是谋略已久的，中国的横拍与欧洲的横柏有相同之处，也有自己独特的风格，日本人不一定能够适应。尤其是我们的两块直拍连战皆捷，声威大震，更使对方难于猜到我们的出场人选。所以，奇兵突袭，才是上策。"一席话，使大家都觉得出一对横拍，可以兼有技术上和心理上两种优势。荣高棠满意地点了点头，断然说："决定出一对横拍，这个风险值得冒！我们要敢于冒风险去夺取胜利。"容国团轻轻舒了一口气。此刻，他用钢笔在秩序册上勾画了一会儿，然后把笔一搁，递给了坐在他身旁的总教练傅其芳，微笑说："看，这就是阵势。"傅其芳以为他已排出了决赛出场名单，征求他的意见，接来一瞧，忍不住大笑起来，笑得大家都莫名其妙，好奇地凑过来看。原来秩序册上面的是一条龙，梁、李二字横贯龙身，龙头两侧分别写林、郑二字。傅其芳啧啧称赞说："啊！由梁丽珍、李赫男画龙，由林慧卿、郑敏之来点睛，真是妙极了。"大家也不约而同地笑了起来。正在这时，贺龙副总理发来了贺电："……希望你们敢打敢拼，再接再厉，争取更大的胜利。"大家看到了这份电报，很受鼓舞。

在参加决赛这天傍晚，大家一起去吃晚饭。林慧卿端着菜汤边喝边思考今晚的决战。突然，男队队员王志良向她扔来一只桔子。没有扔准，桔子落在桌子上，快要滚下去时，林慧卿立即用盆子接住了，但是桔子溅起来的菜汤弄脏了她的衣服，她一屁股坐在板凳上，很不高兴，嘴撅得能拴毛驴。坐在一旁的徐寅生见状，生怕影响她的比赛情绪，打诨说："阿林，今晚考比伦杯最后还是接住了。"林慧卿听了这句"吉利"的俏皮话，"噗嗤"一声笑得忍不住喷饭，连很为卿姐的情绪担心的郑敏之也捧腹大笑起来。这时，容指导向她们走了过来，像战场上的指挥官，直伸右臂，目视前方，吊高嗓子说："今晚打决赛了，小燕子和阿林已经冲上去了，前面的障碍已经排除了，我们最后的一个堡垒是一定能够拿下来的。"

"今晚打决赛要注意什么？"林慧卿问。

"重要的是大胆沉着，思想高度集中，既要有每球必争，寸土不让的勇气，又要有不过分计较一城一池得失的精神。"

林慧卿和郑敏之听了，感到心中踏实多了。

练球先要练人

有一位领导在女队干部会议上说，一个集体，最危险的就是怕找不出自己的薄弱环节，能够认识缺点，这是进步的开始。容国团听了这番话很受启迪。他想万事开头难，要打好女队的翻身仗，首先要解决队里的思想问题。自从女队连遭挫败之后，姑娘们就自暴自弃起来，认为自己是有娘生无娘养的孩子，体委的精力都放到男队身上了，她们不过是摆设。练球时一不称意，就劈里啪啦地乱打一通，有时甚至大发脾气，责骂教练不看她们练球。一些教练对姑娘们也无可奈何，有的训斥她们"笨蛋"。容国团也经常受姑娘们的气。有一次，他指导郑敏之练反攻技术，这个18岁的小姑娘天性倔强，当练习削球不顺手时，就使劲"啪"一声，把球打出台外老远，跟着又把球拍摔到台面上大发脾气。容国团一看，肺都气炸了，这分明是对教练不尊重。他脾气也很大，真想冲过去狠狠掴她一记耳光，但一想到她还是小姑娘，而且重任在肩，于是强抑住激怒的情绪，很和善地走过去，平心静气地说："小燕子(郑敏之的外号)呀，你的脾气要改，如果再不改，出场比赛就会影响你的技术发挥。"他见她低着头没有吭声，又激将地说："你有气，为什么不用到赢外国人的身上去呢？"

"人家都说沾了女队的边就是输。"郑敏之嘟着嘴说泄气话。容国团知道她好胜心强，赞美她说："本来嘛，你倔强的个性是很好的，但是要将这个优点发挥在为祖国的荣誉拼搏上啊。"

这些话若是出自一般的教练之口，可能并不发生作用，因为他们有时看到队员有缺点，就说得一无是处，甚至把人瞧扁了，使受训者不服气，但队员有点成绩却又过于夸大。可现在说这话的是容国团，且他不摆世界冠军的架子，对自己的无礼采取宽容的态度。小姑娘不敢造次了，她侧着头，细心品味容国团的话，觉得他说话比较中肯，头脑渐渐清晰起来。是呀，她这么做，明里看是和教练过不去，暗里却是和自己过不去。她想当世界冠军想疯了，这种情绪一直没有很好地得到宣泄，就把气撒在教练身上，弄得两败俱伤，真是太不应该了。接着容国团拿着球拍要和她上场练球，郑敏之一下子回过神来，很乐意地接受师傅的指导。以后她就在球网上挂了一块专门用来激励自己的类似座右铭的牌子，上书："今天不要急躁！""今天我要练意志！""翻身大事忘了没有？"以督促自己。

从这件事开始，容国团觉得，教练要教好技术，首先得教育好人，只有这样才能调动队员的主观能动性。他在小组会上指出说："人家说。沾了女队的边就是输，但我认为巾帼不让须眉。本来女队的实力不比日本队差，缺的是誓夺冠军的志气。"他把自己夺取世界冠军的成功经验和失败教训告诉她们，鼓励说："世界冠军不是高不可攀的，只要有雄心壮志，破除迷信，经过艰苦的努力，一定能够达到胜利的目的。" 姑娘们听后很受鼓舞。在工作方法上，容国团采用"一把钥匙开一把锁"的办法，找主力队员个别谈心。

梁丽珍在关键时刻常常缩手缩脚，20平以后就不敢再打进攻球，受了教练的批评以后，走向另一个极端——见球就攻。容国团一针见血地指出："现在你这样练球应付我是没有用的。我能原谅你，但国家和人民能原谅你吗！"接着对症下了药："你主要还没有抛掉个人患得患失情绪，关键时刻不敢放开手脚进攻，打出水平。"他见梁丽珍点点头，似有悔意，又启发她说："本来嘛，我们从事乒乓球运动以后，已把青春献给了祖国的体育事业，如果我们不敢去夺世界冠军，那真是一件终身抱憾的事儿，人生能有几回搏呢？"梁丽珍听了，觉得他的话在情在理，像甘露一般沁入自己的心田。

梁丽珍后来在训练日记上写道："我要做一个有用的人，不要做饭桶，不拿世界冠军，今生不放下球拍！"她还特意和李赫男用白锡纸做了一个"考比伦"杯放在宿舍的书桌上，让大家都来看，谁再练球不顺手、不称心、不刻苦或想怄气时，只要看看这只小奖杯，就会想到重任在肩，不再放纵自己一时的意气了。

在进入紧张的训练期间，容国团始终不放松对队员的严格要求。当他发现队员有时训练不够认真，就很不客气地严厉提醒："打球为了什么？"如果提醒一次、两次、三次仍不能解决问题，他就发出最后通牒："注意，你这样下去不能肩负重任，因为你不把国家荣誉放在心上。"这叫做"事不过三"，他的话掷地有声，既推心置腹，又是金玉良言，谁都不敢不听他的号令。

有一次，容国团看到李赫男训练态度不够严肃，打得痛快了，就满场哈哈大笑起来，便立即过去严厉批评了她一顿，不留半点情面。李赫男第一次受到这样严厉的批评，刷地红了脸。此后，她在训练中稍一放松，容国团那副严厉的面孔和带刺激性的语言就出来警告她。后来她自己坦然说："我并不是单纯因为怕他，主要还是认为他讲得对。他若是轻描淡写地说，我也许不在乎，他说得重，我的印象才深，改起来才快，我一直在内心感谢他对我的批评，使我头脑清醒了，训练认真了。"

李赫男是我国第一个能拉弧圈球的女选手，她擅长于两面攻球，颇爱好文学，有点"女秀才"的味道。

她性情柔弱，胆子较小，比赛碰到下旋球，就不敢果断反手起板。容国团看到她这个弱点，便有意识地去培养她的勇敢精神。他了解到她最怕游泳，就偏要她到游泳池学游泳。当她走到池边，俯见清澈的水波，双腿就发软，好像要她跳进万丈深渊似的，怎么也没勇气往下跳。容国团见她犹豫不决，立即下命令："跳呀，现在是看你敢不敢冲破这道夺魁的关隘了。"

李赫男一听，顿时鼓足勇气，紧闭双眼，硬着头皮，"噗通"的一声，终于跳下寒冷刺骨的水里去了。就这样，她慢慢学会了游泳，并且能游上千米，大大增强了她的意志力和体魄。

在比赛过程中，有的队员开局好，结局差，关键时刻手软拿不下，容国团便给队员讲"叶公好龙"的故事。他说："咱们每天讲为祖国争光，真的到了决赛的时候，就在那几分球的争夺，绝不能怕！"他还常在练习或队内比赛中突然对队员说："现在就是世界比赛最后三分球！"锻炼队员的实战能力和培养她们敢打敢拼的精神。

由于容国团能揣透每个运动员的性格、脾气、心理状态和思想表现，实事求是地帮助她们解决思想上和技术上的问题，使得他的威信在队员的心中逐渐树立起来。

英 姿 永 存

他匆匆离开我们已经26个年头了。

岁月流云淹没不了他为祖国荣誉而拼搏的英姿。他活在我们心里，生活在我们中间。

1987年8月20日，是容国团诞辰50周年纪念日。珠海市人民政府为纪念和缅怀这位中华民族的乒乓精英容国团，决定为其建造塑像，供后人瞻仰。

珠海市人民政府的这一决定，表达了亿万人民的心愿。

"当我从报上得知珠海市要为容国团建造塑像的消息后，心情非常激动。记得容国团1959年在第25届世界乒乓球锦标赛中为我国赢得第一个世界冠军时，我含着激动的泪水给他写了一封信，感谢他为国争光，为国扬威。20年来，容国团勇于拼搏的精神一直激励着我。我寄上50元赞助这次纪念活动，钱虽然不多，但它表达了一个老工人的心意。"天津市纺织机械厂老工人刘习佳写信给珠海市政府如是说，并汇寄了50元钱，以表达他的心意。

珠海市的人们更是欢欣鼓舞，他们纷纷写信、打电话支持政府的这一决定，并有许多人寄来了汇款，赞助政府修建容国团塑像。

于是，建造容国团塑像的工作紧锣密鼓地开始进行。经过珠海市政府严格的考核和筛选，最后决定任用广州美术学院雕塑家李汉信副教授来为容国团塑像。李汉信教授深感自豪，他对采访他的记者说：

"我一定要把我国第一个世界冠军容国团的光辉形象完美地塑造出来，让祖国人民和海外同胞都来瞻仰他，永远怀念他。"

当然，他也深深地知道自己责任的重大。于是，李副教授开始不分昼夜地投入到工作中。他首先开始设计造型。为此，他找来了许多有关容国团生平事迹的书籍，又来到容国团的家乡珠海市南屏镇，向当地的老人们了解容国团的历史。然后，他制作了一个又一个的模型，可总是不满意。他把自己关在屋子里，不顾盛夏寒暑，汗流浃背地思考着、设计着，最后，他终于制作出两个石膏像造形：

一是容国团右手举球拍，左手擎着奖杯，身穿运动服，成"Y"形，站立在领奖台上，以其挺拔的形象来体现中国人民屹立于世界民族之林。

另一座像则是容国团左手抱奖杯，右手持鲜花，身着西服，站立在领奖台上，神态逼真，表现出一种为祖国拼搏的刚强性格和对事业必胜的信心。

李副教授把这两个模型做好后，就把这两个模型先后送到国家体委、广东省体委、珠海市政府以及容国团生前教练、队友和学生那里征求意见。大多数人都认为人们更熟悉的是容国团手擎鲜花和奖杯的形象，并且使人看了有一种亲切感。经过协商，于是李副教授决定采用第二个模型。

1987年10月29日，珠海园林局、市体委将胡湾体育场装饰得格外美丽，到处是悬挂的彩旗在迎风飘舞，树上、门前挂满了彩灯。喇叭里播放着欢快的曲子，整个体育场洋溢着快乐的节日气氛。

"今天，是什么节日？"

来往的行人看到院内张灯结彩，都迷惑不解地询问着。

那么今天是什么节呢？今天，并不是中华民族的什么传统的例行节日，而是容国团的塑像将从广州美术学院运抵珠海市胡湾体育场。

原来如此，人们问明后却不走了，纷纷拥进体育场准备迎接塑像的到达。好不容易等来了车，人们"呼啦"一下围了上去。

"别动！小心点儿，今天不是揭幕日。"从车上下来的两个人制止了正要伸手的人们。"请大家11月20日再来吧！对不起诸位啦！"在那两个人的连说带劝下，人们才散开各自回家了。

11月20日，容国团塑像揭幕典礼在胡湾体育场举行。那天，整个体育场人山人海。人们纷纷前来观看，都想尽早再睹容国团的伟大光辉形象。这中间，有国务院派来的参加容国团塑像揭幕仪式的；也有国家体委派来的人；广东省、珠海市的领导们都来了；容国团的亲属，生前好友，以及港澳同胞，海外侨胞都纷纷赶来参加这一典礼活动。鞭炮声中，容国团又一次手捧鲜花和奖杯，微笑地站在了祖国人民面前，他的神态是那么自信，那么逼真，人们的耳畔仿佛又听到他在说：

"人生能有几回搏？"

如今，一走进花红草绿的珠海市胡湾体育场，一眼就会看见容国团的高大铜像。这位1959年4月获得25届世界乒乓球锦标赛男子单打冠军的运动员，在从西德归来时，就是左手抱奖杯，右手持鲜花。如今，他又出现在人们的眼里，仿佛每时每刻都在那里向人们致敬。这座铜像高2.7米，底座是1.54米高的领奖台，坐落在体育场东侧。铜像的背后，衬托的是苍翠的鱼尾葵，南洋杉，凤凰木，郁郁葱葱，枝繁叶茂。铜像前是面积113平米的半圆形草坪，里面种有冬青和南洋草，草坪左右则是大型花坛。远远看去，甚是漂亮、美观。每天前来瞻仰铜像的人络绎不绝。

容国团塑像屹立在南国珠海，英姿永存。

容国团无疑是中国乒坛的第一颗明星。他的一生虽然短促，但却为祖国的乒乓球事业做出了卓越的贡献，给中国的乒乓球界留下了宝贵的技术财富，他的功勋是不可磨灭的。

读了他的事迹，我们应该学习他的不为利诱、不为金钱所惑，毅然回归祖国、立志为祖国的乒乓球运动而拼搏的爱国主义精神，同时，他的"人生能有几回搏"名言，不仅一直激励着体坛健儿为国争光，也是我们每一个人应该牢记的人生格言。

1987年11月，珠海市人民政府在容国团诞辰50周年之际，在珠海市体委大院内竖立"容国团铜像"。并邀请国家体委领导和容国团生前的战友、学生，以及香港知名人士霍英东先生等举行隆重的纪念活动。1997年10月下旬，在容国团诞辰60周年之际，国家体委在容国团的家乡——珠海市举办"松下杯"中国乒乓球大奖赛。容国团在天之灵可笑慰矣。

容国团给我们留下了丰厚的精神财富与无尽的追忆。凤凰集香木以自焚，终于再生。他，正是这样沃野千里一只不死的火凤凰。

人生能有几回搏

——新中国第一个世界冠军容国团

中华魂·百部爱国故事丛书

提　要

《誓与禁烟相始终——民族英雄林则徐》

林则徐严禁鸦片，坚决抵抗西方列强的侵略，坚持维护国家主权和民族利益。他是中国近代历史上第一位睁眼看世界的人，是抗击帝国主义殖民侵略的第一人，是中华民族抵御外侮过程中伟大的民族英雄。

《血洒虎门御敌寇——抗英将军关天培》

民族英雄关天培，在第一次鸦片战争中为了抗击英国侵略者的入侵而血洒虎门，为国捐躯，谱写了一曲可歌可泣的英雄赞歌。关天培用他的生命，书写了中国人民反抗外侮的历史。

《威震镇海靖节魂——抗敌英雄裕谦》

在第一次鸦片战争期间的众多牺牲者中，有一位官阶最高，他就是两江总督裕谦。裕谦与外国侵略者斗争立场坚定，与国内妥协派、投降派斗争态度坚决。裕谦督战镇海，与英国侵略军浴血奋战，临危不惧，以身报国，浩气长存。

《斩邪留正解民悬——太平天国领袖洪秀全》

农民出身的洪秀全，从失意文人到起义领袖，经历了长期的思想演变过程，在外敌入侵、清朝政府腐朽的历史环境之下，顺应时代的潮流，成长为一位非凡的历史英雄人物，建立了与清朝政府相抗衡的农民政权——太平天国。

《仰承汉唐　荟萃中外——近代数学家李善兰》

李善兰是我国19世纪重要的科学家之一，在数学、天文学、力学等方面都有重大建树。他继承了我国古代数学的成就，又以极大的热情传播西方科学文化，"仰承汉唐，荟萃中外"，把自己的一生献给了科学事业。

《严谨治学　勇于探索——近代著名数学家华蘅芳》

华蘅芳，中国近代数学家之一。其精通中国古算学，并熟练掌握西方近代数学，是中国验证抛物线并著书立说的参与者。为了证明"外国有的，中国也能造"而鞠躬尽瘁，在引进西方科学技术、传播科学知识上贡献卓著。

《折冲樽俎护山河——近代著名外交家曾纪泽》

曾纪泽是中国近代史上著名的爱国外交家，在中俄伊犁交涉事件中，他秉承抵抗列强、保卫国家的坚定意志，利用外交手段全力同沙俄抗争，捍卫了国家主权、民族尊严，收回了祖国的领土，在近代中国外交史上留下了光辉的一页。

《甲午海战留英名——民族英雄邓世昌》

邓世昌，北洋水师名将。本书以邓世昌的成长过程为线索，以代表性的历史故事为主要内容，还原真实的历史事件，突出鲜明的人物性格。邓世昌因在中日甲午海战中突出的英雄气概而名垂史册，书写了伟大的爱国主义篇章。

《誓与舰队共存亡——北洋水师提督丁汝昌》

丁汝昌处在清朝政府的腐朽和李鸿章的专断下，难以施展爱国的抱负，壮志未酬，愤恨而终。但丁汝昌为建立近代海军作出的巨大贡献，带领北洋舰队爱国官兵勇抗强敌的英雄事迹，将永远为后代所传颂。

《镇南关上凯歌扬——抗法老英雄冯子材》

1885年中法战争中，年逾古稀的冯子材为抵御外国侵略，勇赴国难，大败法军于镇南关，并乘胜追击，接连收复文渊、谅山等地，从根本上扭转了中法战争的局面，成为近代民族英雄的杰出代表。

《屡败法军逞英豪——黑旗军将领刘永福》

刘永福是黑旗军的创建者，是农民出身的杰出军事家、政治活动家。在19世纪发生的援越抗法、中法战争中，他率部与帝国主义侵略者进行了殊死的战斗，建立了卓越的功勋，成为我国近代史上著名的民族英雄，为后世所景仰。

《矢志变法强国家——戊戌变法领袖康有为》

康有为是清末民初最有影响力的思想家之一。他领导了中国知识界的启蒙运动，掀起了一场自上而下的政体改革。他最早在中国提出了立宪政体和具体的宪政方案，主张在坚持儒家传统和帝制的前提下，学习西方经验，他的进步思想对近代中国具有深远的影响。

《开民智以报国 普新知而图强——戊戌变法思想家梁启超》

梁启超，中国近代史上著名的政治活动家、启蒙思想家、史学家、文学家，戊戌变法领袖之一。本书以百日维新思想家梁启超的成长过程为线索，以代表性的历史故事为主要内容，还原真实的历史事件，突出鲜明的人物性格。

《我自横刀向天笑——维新志士谭嗣同》

谭嗣同在民族危机的严重时刻，投身改革救中国的洪流。为了带给祖国一个光明的未来，紧要关头，他挺身而出，用自己的鲜血激励后人，把宝贵的生命献给了变法事业。

《睡乡敢遣警世钟——用生命警策国人的陈天华》

陈天华是民主革命的活动家和宣传家。他写的《猛回头》《警世钟》等书，起到了革命启蒙的重大作用。为了激发留日学生的爱国情怀，他不惜投海自杀，演出了近代史上感人至深的一幕，给后人留下了难忘的印象。

《革命军中马前卒——民主斗士邹容》

革命乃"至尊极高，独一无二，伟大绝伦之一目的"；它是"天演之公例，世界之公理，顺乎天而应乎人"的伟大行动。因此，必须"仗义群兴革命军"。他激情高呼："革命独子万岁！中华共和国万岁！"这就是《革命军》的作者，中国近代著名资产阶级革命宣传家邹容。

《休言女子非英物——鉴湖女侠秋瑾》

为民族解放和妇女解放而英勇斗争的秋瑾，冲破封建礼教的思想牢笼，打碎封建精神枷锁，崇仰真理，追求光明，主张共和，坚持男女平等，最终献出了自己年轻的生命。

《血溅校场　杀身成仁——民主斗士徐锡麟》

本书讲述了反清志士徐锡麟弃文从武、投身反清革命事业，最终被清政府杀害的故事。出于对国家的热爱，徐锡麟献出自己的生命，他的事迹将永远激励后人深切缅怀这位民主革命的先驱。

《生可死耳　我志长存——献身民主的禹之谟》

禹之谟，民主革命党人，同盟会会员，近代资产阶级革命家、实业家。1886年，20岁的禹之谟"提三尺剑，挟一卷书"游历四方，研究西方社会政治学说，忧国忧民之心日趋强烈。戊戌变法失败，他丢掉改良幻想，倡革命救亡之说，走上民主革命道路。

《物竞天择　适者生存——资产阶级启蒙思想家严复》

严复是中国近代著名的启蒙思想家、翻译家和教育家。他长期从事教育和翻译事业，为近代中国人才培养和思想启蒙做出了重要贡献，同时他也为中国的翻译事业和中西思想文化交流做出了重要贡献。

《辛亥革命急先锋——资产阶级革命家黄兴》

黄兴，清末民初资产阶级革命家，中华民国开国元勋。黄兴在武昌首义及辛亥革命时期的爱国表现，与孙中山闻名于当时，常被时人以"孙黄"并称。本书以资产阶级革命活动实干家黄兴的成长过程为线索，歌颂了先辈伟大的爱国主义精神。

《矢志革命　百折不回——近代民主革命家廖仲恺》

廖仲恺追随孙中山踏上了创立民国与捍卫共和制的旧民主主义革命

之路；在新民主主义革命时期，他为建立、巩固首次国共合作和实施三大政策，英勇奋斗，为国殉职，洒尽了一腔热血。

《将军拔剑南天起——护国英雄蔡锷》

蔡锷是中国近代史上的杰出军事家、爱国者。他的一生短暂而伟大。辛亥革命爆发，他毅然投身于革命洪流之中，领导云南重九起义，对武昌起义积极响应。袁世凯窃国复辟、恢复帝制的阴谋暴露出来以后，他又毅然举起了武装讨袁的旗帜。

《反帝反封建运动——五四青年的爱国故事》

五四运动是一次伟大的反帝反封建的爱国运动；是一个伟大的历史转折点；是中国人民的斗争从挫折走向胜利的一个关节点，它为中国的前进开辟了一条全新的道路，拉开了中国新民主主义革命的序幕。

《思想自由　兼容并包——著名教育家蔡元培》

蔡元培是中国近现代著名的民主革命家和教育家，一生经历风雨，却始终信守爱国和民主的政治理念，致力于废除封建主义的教育制度，奠定了我国新式教育制度的基础，为我国教育、文化、科学事业的发展做出了富有开创性的贡献。

《为国家争光　为民族争气——中国铁路之父詹天佑》

詹天佑是我国最早的杰出铁道工程师，因主持建造京张铁路而闻名中外，被誉为"中国铁路之父"。他为祖国的铁路事业贡献了毕生的精力。本书向读者展示了詹天佑热爱祖国、科技兴国的辉煌人生。

《实业救国　衣被天下——轻工之父张謇》

张謇是爱国实业家、教育家。他年轻时中过状元。过了40岁，开始投身工商实业活动中，他的名言是"富民强国之本在于工"。在南通，创办大生丝厂、银行等各种实业。并将创办实业的大部分所得投入教育。他的观点是，教育和实业一样，也是"富强之大本"。

《心向革命　追求光明——平民将军冯玉祥》

冯玉祥将军"是一位从旧军人转变而成的坚定的民主主义战士"。

抗日战争期间，他辗转各地，用实际行动积极抗战。日本战败投降后，他为了断绝美国的援蒋内战，又在美国四处演说，揭露蒋介石统治之黑暗，痛斥美国阴谋分裂中国的不良行为。

《刑场上的婚礼——革命烈士周文雍　陈铁军》

周文雍是广州起义的主要领导人之一。陈铁军出身于华侨商人家庭，却毅然投身革命洪流。1928年1月，两人接受派遣，回到广州假扮夫妻从事革命斗争，却不幸被捕。临刑前，两位烈士将敌人的枪声当作自己婚礼的礼炮，用生命和爱情谱写出一曲千古绝唱。

《星星之火　可以燎原——井冈山斗争的故事》

1927—1929年，毛泽东、朱德等老一辈革命家，在井冈山创建了农村革命根据地，进行了艰苦卓绝的斗争，建立了新型革命武装，点燃了工农武装革命之火，找到了农村包围城市最后夺取政权的中国革命的正确道路。

《新民学会的主要发起人——中国共产党早期革命家蔡和森》

蔡和森青年时期曾与毛泽东等人一起组织进步团体新民学会，参加五四运动，并在赴法国勤工俭学时研读大量马克思主义著作，回国后以满腔热忱投身革命事业，成为中国共产党早期重要的理论家和宣传家。

《威震黄浦江畔　高奏抗日壮歌——一·二八淞沪抗战》

面对日本侵略者的挑衅，十九路军在蒋光鼐、蔡廷锴的带领下，高举义旗，奋力一搏。一·二八淞沪抗战，是中国军人捍卫军人荣誉和祖国尊严所发出的吼声，谱写了一曲抗击日军侵略的英雄壮歌。

《将军恨不抗日死——慷慨就义的吉鸿昌》

在国难深重的20世纪30年代，吉鸿昌将军因拒绝执行国民党指示，坚决不打内战，被迫携眷出国"考察"。回国后，他加入中国共产党，组织了民众抗日同盟军，英勇打击日本侵略者，后于1934年11月被国民党反动派杀害。

《献身革命 甘于清贫——梅岭忠魂方志敏》

大革命失败后，方志敏凭着"两条半步枪"起家，身经百战，创建了赣东北革命根据地和红十军。本书真实记录了方志敏投身于革命、领导红军和敌人进行艰苦卓绝斗争的经历，歌颂了烈士贫贱不移、威武不屈、献身革命的高尚品质。

《奏响中华最强音——人民音乐家聂耳》

聂耳在他有限的生命中创作了数十首革命歌曲，在抗日救亡运动中，聂耳的这些歌曲产生了广泛深远的影响。他的音乐创作为中国无产阶级革命音乐的发展指明了方向，树立了榜样。

《横眉冷对千夫指——中国文化革命主将鲁迅》

鲁迅不但是伟大的文学家，而且是伟大的思想家和伟大的革命家。在那风雨如晦的黑暗年代里，他以笔为投枪，同一切帝国主义和反动派进行了顽强的战斗，为中国人民树立了一个不朽的丰碑。他是新文化战线上的一面光辉旗帜，是我们伟大民族的灵魂。

《铁流两万五千里——红军长征的故事》

红军长征是人类历史上的一次伟大的壮举。第五次反"围剿"失败后，中国工农红军的三大主力在极端艰难的条件下，突破国民党军队的围追堵截，进行了史无前例的战略大转移，总行程达两万五千里以上。途中发生了许多动人故事，至今令人难以忘怀。

《荣辱不移革命志——创建陕北红军的刘志丹》

刘志丹是杰出的无产阶级革命家、军事家，西北红军和西北革命根据地的主要创始人之一。他一生热爱人民，追求真理，英勇善战，百折不挠，艰苦奋斗，忠心赤胆，为创建红军和革命根据地、为中国人民的解放事业建立了不可磨灭的功勋。

《英名永存北平城——爱国将领佟麟阁 赵登禹》

1937年7月28日，日军向北平郊区发动进攻。第二十九军副军长佟麟阁奉命在南苑率部与日军苦战，腿部受伤，头部被敌机炸伤，壮烈殉国。第一三二师师长赵登禹指挥部队顽强抵抗日军，右臂中弹负伤，仍继续作战。后在转移途中遭日军截击而牺牲。

《八百壮士　四行仓库铸军魂——谢晋元和他的战友们》

八一三抗战，中国军人以血肉之躯揭开全面抗战的帷幕。这是一场血战，是中国军人不屈不挠的英雄诗篇，其中的八百壮士守四行，成为这首英雄颂歌中最动人、最凄美的音符。一曲四行保卫战，铸就了不屈的军魂。

《八女投江　气贯长虹——八位抗联女战士》

抗日战争时期，以冷云为首的东北抗日联军8名女战士，为捍卫民族尊严，面对凶残的日寇，镇定自若，宁死不屈，投江殉国，表现了中华民族同敌人血战到底的英雄气概。她们的光辉形象，激励着千千万万的后来人。

《艰苦抗战　威震敌胆——著名抗日英雄杨靖宇》

杨靖宇将军是我国著名的抗日民族英雄。曾先后担任磐石游击队政治委员、东北抗日联军第一军军长兼政委、抗日联军总司令等职。领导军民对日寇坚持了长达9个年头的艰苦卓绝的斗争，最终以身殉国。

《死也不当亡国奴——镜泊抗日英雄陈翰章》

陈翰章，从1932年8月投笔从戎，直到1940年12月8日为抗击日本侵略者，战死在镜泊湖畔。他在抗日疆场上奋战了九年，他那可歌可泣的英雄事迹将为人们永世传颂。

《名将殉国　气壮山河——抗日将军张自忠》

著名抗日将领、民族英雄张自忠，生于忧患的时代，抱有"宁为百夫长，胜作一书生"的志向，经历过失败与低谷，最终成就了慷慨人生。本书主要以人物活动为主，勾画出一个真正的"民族魂"鲜活的人生，会带给读者振奋的力量。

《宁死不辱战士名——狼牙山五壮士》

1941年日寇在河北易县"扫荡"。为掩护群众和主力部队撤退，五位八路军战士毅然把敌人引上了狼牙山棋盘坨峰顶绝路。弹尽粮绝、无路可退，五位英雄纵身跳下了万丈悬崖，用生命和鲜血谱写出一曲惊天地泣鬼神的壮举。

《太行浩气传千古——抗日名将左权》

左权，中国工农红军和八路军高级指挥员，著名军事家。是八路军在抗日战场上牺牲的最高指挥员。名将阵亡，太行山为之垂首，全党为之悲痛。周恩来称他"足以为党之模范"，朱德赞誉他是"中国军事界不可多得的人才"。

《虎将兴关外　抗倭统雄师——抗联英雄赵尚志》

本书描写了久经考验的共产党员、东北抗联的创建者和主要领导人赵尚志，在艰苦卓绝的条件下，坚持抗战，威震敌胆，战功卓著，忍辱负重，忠贞不屈，为国捐躯的英雄故事，为青少年读者呈上一部爱国主义的佳作。

《黄埔之英　民族之雄——抗日名将戴安澜》

抗日名将戴安澜，先后参加保定、漕河、台儿庄、武汉、昆仑关等战役，作战英勇，屡建奇功；入缅作战，"扬威国外，藉伸正义"；守东瓜，复棠吉；殒身缅北，遗恨丛林，马革裹尸，成就了光辉的一生。

《爱国志士　民主先锋——新闻出版家邹韬奋》

本书讲述了邹韬奋献身新闻出版事业的奋斗历程，展现了一位新闻工作者坚定的革命信念和炽热的爱国主义精神，全心全意为人民服务、为读者服务的奉献精神，歌颂了他的高尚情操和优良品质。

《为抗战发出怒吼——人民音乐家冼星海》

人民音乐家冼星海，青年时期在巴黎求学，饱尝屈辱与磨难；学成后毅然回到多灾多难的祖国，用满腔热忱谱写激昂的音乐，鼓舞中华儿女的斗志；奔赴延安，谱写出不朽的名作《黄河大合唱》，发出中华民族抗日救亡的怒吼。

《全民皆兵　抗击日寇——抗日战争的故事》

中国人民进行的十四年抗战，是一百多年来中国人民反对外敌入侵第一次取得完全胜利的民族解放战争。这场战争是以国共两党合作为基础，有社会各界、各族人民、各民主党派、抗日团体、社会各阶层爱国人士和海外侨胞广泛参加的全民族抗战。

《捧着一颗心来　不带半根草去——人民教育家陶行知》

陶行知是我国现代教育史上伟大的人民教育家、教育思想家。他从青年起就立志献身教育事业，以"捧着一颗心来，不带半根草去"的赤子之心，为人民的教育事业鞠躬尽瘁。

《为民主与和平拍案而起——民主斗士闻一多》

闻一多早年与梁实秋等人发起成立清华文学社。赴美留学期间由对祖国的深深眷恋而创作著名的《七子之歌》。后在西南联大任教8年，积极投身于抗日运动和争取民主的斗争，发表了著名的《最后一次讲演》。

《铁窗难锁钢铁心——革命先烈王若飞》

王若飞是我党早期杰出的无产阶级革命家。在艰苦卓绝的斗争中，他出生入死，屡建奇功，以超人的睿智和胆略，在敌人的监狱中，同敌人展开了殊死的较量，为抗战的胜利和新中国的诞生做出了卓越的贡献。

《横扫千军　还我河山——抗联名将李兆麟》

李兆麟是东北抗日联军创建人之一，他率领抗日联军历尽千难万险与日本侵略者浴血奋战，在极其艰苦的条件下，保存了抗日联军的有生力量，为东北光复做出了重大贡献。

《锄头开出新天地——解放区大生产运动》

为了解决困难，渡过难关，党中央号召党政军民齐动手，开展大生产运动。中国共产党在其控制区域内发动的一场军队屯田和鼓励生产的群众运动，达到了自己动手丰衣足食，共度难关，既进行革命又进行生产自足的目的。

《生的伟大 死的光荣——女英雄刘胡兰》

刘胡兰，坚贞不屈的少年女英雄。生前对我国劳动人民的解放事业无限忠诚，在敌人威胁面前，大义凛然，毫无惧色，英勇牺牲，表现了共产党员的高贵品质。

《饿死不领美国救济粮——爱国知识分子的楷模朱自清》

朱自清作为爱国知识分子的典型，以锐利的笔锋直言痛斥反动政府的暴行，体现了他崇高的爱国情怀和不畏恶势力的精神品格。毛泽东曾给朱自清先生以高度评价："一身重病，宁可饿死，不领美国的'救济粮'"，"表现了我们民族的英雄气概"。

《为了新中国前进——舍身炸碉堡的董存瑞》

伟大的英雄，中国人民的儿子董存瑞，从儿童团长成长为一名光荣的解放军战士，在1948年解放隆化县城时，舍身炸碉堡，为新中国献出了自己年轻的生命。他的英雄形象永远留在人民心里。

《宁死不屈的共产党员——革命烈士江竹筠》

江竹筠，就是著名的江姐。1947年春，她负责《挺进报》工作，只几个月的时间，报纸就发行到1600多份，引起了敌人的极大恐慌。由于叛徒出卖，江姐不幸被捕，惨遭毒刑的残酷折磨，仍坚贞不屈。最后被特务秘密枪杀，年仅29岁。

《抗美援朝 保家卫国——志愿军的战斗故事》

抗美援朝战争是中国人民志愿军为援助朝鲜人民、保卫祖国安全，与美国为首的"联合国军"发生的战争。在朝鲜牺牲的志愿军烈士们，他们英勇的战斗事迹、保家卫国的精神值得我们发扬光大。

《上甘岭上壮烈歌——黄继光和他的战友们》

在1952年10月的上甘岭战役中，黄继光和他的战友们在零号阵地半山腰被敌机枪火力点压制，此时，黄继光身上已经多处负伤，手雷也已全部用光。为了完成任务，减少战友的伤亡，他用自己的胸膛堵住正在扫射的敌机枪射孔，为反击部队扫清了前进的道路。

《诗书印画　全入神品——国画大师齐白石》

齐白石出身贫寒，做过农活，当过木匠，后改学雕花木工，从民间画工入手，摹古人真迹，学诗文书法，融汇古今，而诗、书、印、画俱佳；他将中国画的精神与时代的精神统一得完美无瑕，使中国画得到国际的重视，无愧于"国画大师"的称号。

《毕生为文化而奋斗——中国第一出版家张元济》

张元济参与、主持和督导商务印书馆近六十年，使其从简单的印刷企业转变为当时中国教育出版的旗帜。张元济一生爱书，在中华大地动荡不安的年代里，他用自己对文化的热爱，续存着中华民族灿烂悠久的文明之光。

《独树一帜　梨园大师——著名京剧表演艺术家梅兰芳》

梅兰芳，京剧大师，演唱风格独树一帜，世称"梅派"。曾先后赴日本、美国、苏联演出，并荣获美国波摩那学院和南加州大学的荣誉文学博士学位。作为一位爱国者，抗战期间蓄须明志，拒绝为日本人演出，为后世称颂。

《华侨旗帜　民族光辉——爱国侨领陈嘉庚》

陈嘉庚是著名的爱国华侨领袖、企业家、教育家、慈善家、社会活动家。他为辛亥革命、民族教育、抗日战争、解放战争、新中国的建设做出了卓越的贡献。生前被毛泽东誉为"华侨旗帜、民族光辉"。

《向雷锋同志学习——伟大的共产主义战士雷锋》

雷锋，一个平凡而伟大的共产主义战士，一心向着党，一生秉承着全心全意为人民服务、无私奉献的崇高思想；发扬刻苦学习和钻研理论的"钉子"精神；坚持勤俭节约、艰苦奋斗的优良作风。毛泽东为其题词："向雷锋同志学习。"

《人民的好公仆——县委书记的好榜样焦裕禄》

焦裕禄，被誉为县委书记的好榜样。他用自己的革命精神，展开了与大自然、与社会落后现象、与病魔的多重抗争，让我们领略到一

——新中国第一个世界冠军容国团

人生能有几回搏

个共产党人的生之伟大、死之壮美的人格品质和具有现实教育意义的精神魅力。

《文学巨匠 京味大师——人民作家老舍》

老舍是我国现代小说家、文学家、戏剧家。他用融入骨髓的真诚文字反映生活的喜怒哀乐。老舍的一生，总是在忘我地工作，他是文艺界当之无愧的"劳动模范"，生前被北京市人民政府授予"人民艺术家"的称号。

《革命老人——无产阶级教育家徐特立》

徐特立是一代伟人毛泽东的老师。他出生在贫苦家庭，大部分时间生活在动荡艰苦的年代；他刻苦勤奋，不畏艰辛，追求光明，一生勤俭，为革命培养了大量的人才；他对党和人民任劳任怨，鞠躬尽瘁。他坎坷奋斗的一生，留下了许多可歌可泣的故事。

《人生能有几回搏——新中国第一个世界冠军容国团》

容国团先后担任中国乒乓球队运动员、女队主教练。获得1959年男子单打世界冠军；1961年夺得男子团体世界冠军；作为中国女队主教练，1965年率女队第一次夺得女子团体世界冠军。他的"人生能有几回搏"的豪言，举国传诵。

《石油工人一声吼 地球也要抖三抖——铁人王进喜》

王进喜，新中国第一批石油钻探工人。他为祖国石油工业的发展和社会主义建设立下了不朽的功勋，在创造了巨大物质财富的同时，还给我们留下了宝贵的精神财富——铁人精神。他被评为"百年中国十大人物"，写入中华民族的光辉史册。

《做人民需要我做的事——著名地质学家李四光》

李四光是一位伟大的科学家，他一生从事地质学研究工作，足迹遍布祖国的山川，为祖国探明了许多地下宝藏；他创建了崭新的学说——地质力学；他历尽重重困难，为正确认识地质构造开辟了一条新路。

《中国化学工业的先驱——著名化学家侯德榜》

　　为摆脱纯碱需要进口的窘况，20世纪初，怀着"实业救国"梦想的中国化工先驱侯德榜等人创办了永利碱厂，并立志生产出中国人自己的碱。1926年，永利碱厂终于成功地生产出"红三角"牌纯碱，从此中国制碱业得以跨入世界先进行列。

《毕生求是　一丝不苟——著名科学家竺可桢》

　　著名科学家竺可桢献身科学研究；治学严谨，一丝不苟；一生廉洁，两袖清风；作风民主，爱护学生。他以爱国之心、报国之志，从一个民主主义者逐渐成长为一个共产主义战士。

《热爱自然的大地之子——著名植物学家蔡希陶》

　　蔡希陶，五十载风雨，五十载坎坷，五十载奋斗，五十载开拓，为了发现对人类生产、生活有用的植物及新物种的引进而做出巨大贡献，在中国的植物资源学史上将永远镌刻着他的名字。

《高洁无私的襟怀——知识分子的楷模蒋筑英》

　　蒋筑英是中国当代知识分子的先锋典范，他不为名，不为利，尊重科学；他以坚忍的毅力和顽强的作风，在科学的道路上呕心沥血，鞠躬尽瘁，无私地奉献了青春和生命。

《迎接新生命的天使——卓越的妇产科专家林巧稚》

　　林巧稚是国内外享有盛誉的妇产科专家。在五十多年的医学教育和临床实践中，林巧稚亲自接生了五万多婴儿，治愈了数千病人，培养了数以百计的专门人才，为我国的妇女儿童事业做出了不可磨灭的贡献。

《独自成千古　悠然寄一丘——国画大师张大千》

　　张大千是20世纪中国画坛最具传奇色彩的国画大师，无论是绘画、书法、篆刻、诗词无所不通。在艺术界深得敬仰和追捧，艺术家们用真挚的感情，用绘画和雕塑展现了"张大千"多彩的艺术形象。

人生能有几回搏

——新中国第一个世界冠军容国团

《建造中国的通天塔——著名数学家华罗庚》

中国当代著名数学家华罗庚，为中国数学的发展做出了无与伦比的贡献，他是中国解析数论、典型群、矩阵几何等多方面研究的创始人与开拓者，也是我国最早将数学理论研究与生产实践紧密结合的科学家。

《问鼎长天　强我国威——两弹元勋邓稼先》

邓稼先是我国著名科学家，参加组织和领导我国核武器的研究、设计工作，从对原子弹、氢弹原理的突破和试验成功及其武器化，到新的核武器的重大原理突破和研制试验，作出了重大贡献。是我国核武器理论研究工作的奠基者之一，被誉为"两弹元勋"。

《敢叫天堑变通途——桥梁专家茅以升》

中国著名的桥梁专家茅以升从小立志为祖国建造桥梁，经过不懈努力，他不仅设计建造了一座座宏伟壮观、坚固实用的道路桥梁，而且搭建了一座座友谊之桥，为祖国建设作出了卓越贡献。

《蘑菇云之梦——核物理学家钱三强》

被誉为"中国原子弹之父"的核物理学家钱三强，更名后立志于科技报国；24岁投师于世界著名核物理学家居里夫妇；与夫人何泽慧合作，发现铀的"三分裂""四分裂"现象；统领我国的原子大军，做了大量创造性工作。

《两离桑梓地　满怀雪域情——领导干部的楷模孔繁森》

孔繁森，是一位一尘不染、两袖清风的好干部。两次进藏工作，历时十载，为西藏的建设、发展和稳定作出了突出的贡献。1994年11月，孔繁森不幸以身殉职。人民群众称他为新时期领导干部的楷模。

《摘取数学皇冠上的明珠——著名数学家陈景润》

陈景润是享誉世界的数学家，为了证明"哥德巴赫猜想"，他以惊人的毅力在数学领域里艰苦跋涉，终于攻克了世界著名数学难题"哥德巴赫猜想"中的"1+2"，创造了中国乃至世界数学史上的辉煌。

《学术独步　饮誉四海——享有国际威望的科学家卢嘉锡》

卢嘉锡是一位在国际科学界享有崇高威望的物理化学家、化学教育家和科技组织领导者。1945年，卢嘉锡满怀"科学救国"的热忱回到祖国，对中国原子簇化学的发展起了重要推动作用，他所指导的新技术晶体材料科学研究，也取得了重大成绩。

《德艺双馨　梨园楷模——著名豫剧表演艺术家常香玉》

常香玉1941年赴陕甘演出。1948年在西安创办香玉剧社。1951年为支援抗美援朝，率剧社巡回西北、中南、华南各地演出，以演出收入捐献"香玉剧社号"战斗机一架，素有"爱国艺人"之誉。

《文学大师　激流勇进——著名作家巴金》

本书以巴金生平和主要事迹为线索，回顾和展示现代著名作家巴金的一生，以期让人们看到巴金在这风云变幻的100多年中，有过成功的欢欣，有过屈辱的磨难，有过痛苦的忏悔，有过平静的安宁。巴金的人生，映照着一代中国五四知识分子坎坷而不平凡的命运。

《壮心系科学　孜孜为国昌——理论化学家唐敖庆》

本书讲述了唐敖庆从出国求学、学业有成、回国任教，到服从安排、艰苦工作、刻苦钻研，最终成为中国量子化学奠基者的过程。让人们看到了这位著名化学家的赤心爱国、严谨治学、大公无私的崇高品格和科研上的卓越成就。

《中国导弹之父——著名科学家钱学森》

当第一颗原子弹升空的时候，当中国的人造卫星奏响《东方红》的时候，当中国运载火箭腾空而起的时候，当中国研制的导弹准确命中目标的时候，人们都会想起他的名字：中国导弹之父钱学森。

《中国近代力学的奠基人——著名科学家钱伟长》

钱伟长曾以中文和历史两个100分的成绩考入清华大学。九一八事变后，钱伟长毅然放弃了文科的学习而转为理科。他是中国近代力学、应用数学的奠基人之一，在固体力学、流体力学以及航空航天领域，取得了卓越的成就，为新中国的现代化建设付出了毕生的精力。

《中国光学科学的奠基人——著名科学家王大珩》

王大珩是我国著名的科学家，中国光学科学的奠基人。他先在清华就读，后赴英国求学，学业有成，立志科学救国，其成就享誉神州。他以科学的求是精神和赤诚的爱国情怀，探索着中国光学发展的闪光之路。